『豹頭王の挑戦』

それは、豹頭の戦士が、本当にひさびさに迎えた、おだやかな夜であったかもしれなかった。（195ページ参照）

ハヤカワ文庫JA
〈JA857〉

グイン・サーガ109

豹頭王の挑戦

栗本　薫

早川書房

5907

PLAYACTING THE PANTHER-KING

by

Kaoru Kurimoto

2006

カバー／口絵／挿絵

丹野　忍

目次

杯をあげ、旅に出る
旅立つ前にこの酒を
飲んで別れを告げようか

明日はいずこの街角に
ひと月のちには何処の地か
誰も知らない街角へ
見たこともないあの町へ
今朝わが馬車は旅に出る

友よ覚えていておくれ
風に誘われ旅に出る
前にかわした杯を
二度とかえらぬそのときも
友よ覚えていておくれ

正調「出発の杯の歌」

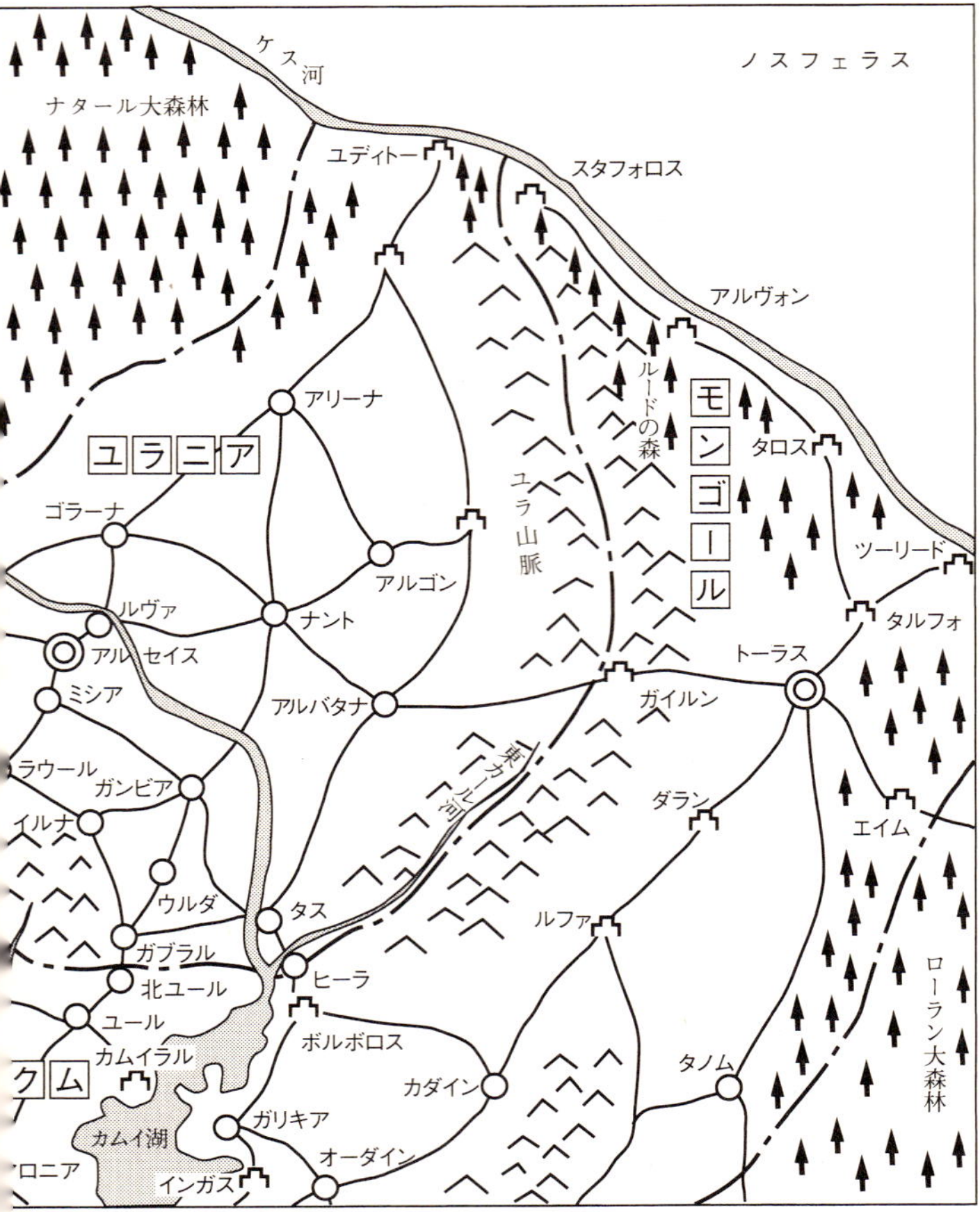

ケス河
ノスフェラス
ナタール大森林
ユディトー
スタフォロス
アルヴォン
ルードの森
モンゴール
タロス
ツーリード
タルフォ
ユラニア
アリーナ
ゴラーナ
アルゴン
ユラ山脈
ナント
ルヴァ
アルセイス
トーラス
ミシア
ガイルン
アルバタナ
東カール河
ラウール
ガンビア
ダラン
エイム
イルナ
ウルダ
タス
ルファ
ガブラル
ヒーラ
北ユール
ユール
ボルボロス
ローラン大森林
カムイラル
クム
カダイン
タノム
ガリキア
カムイ湖
オーダイン
ロニア
インガス

〔中原拡大図〕

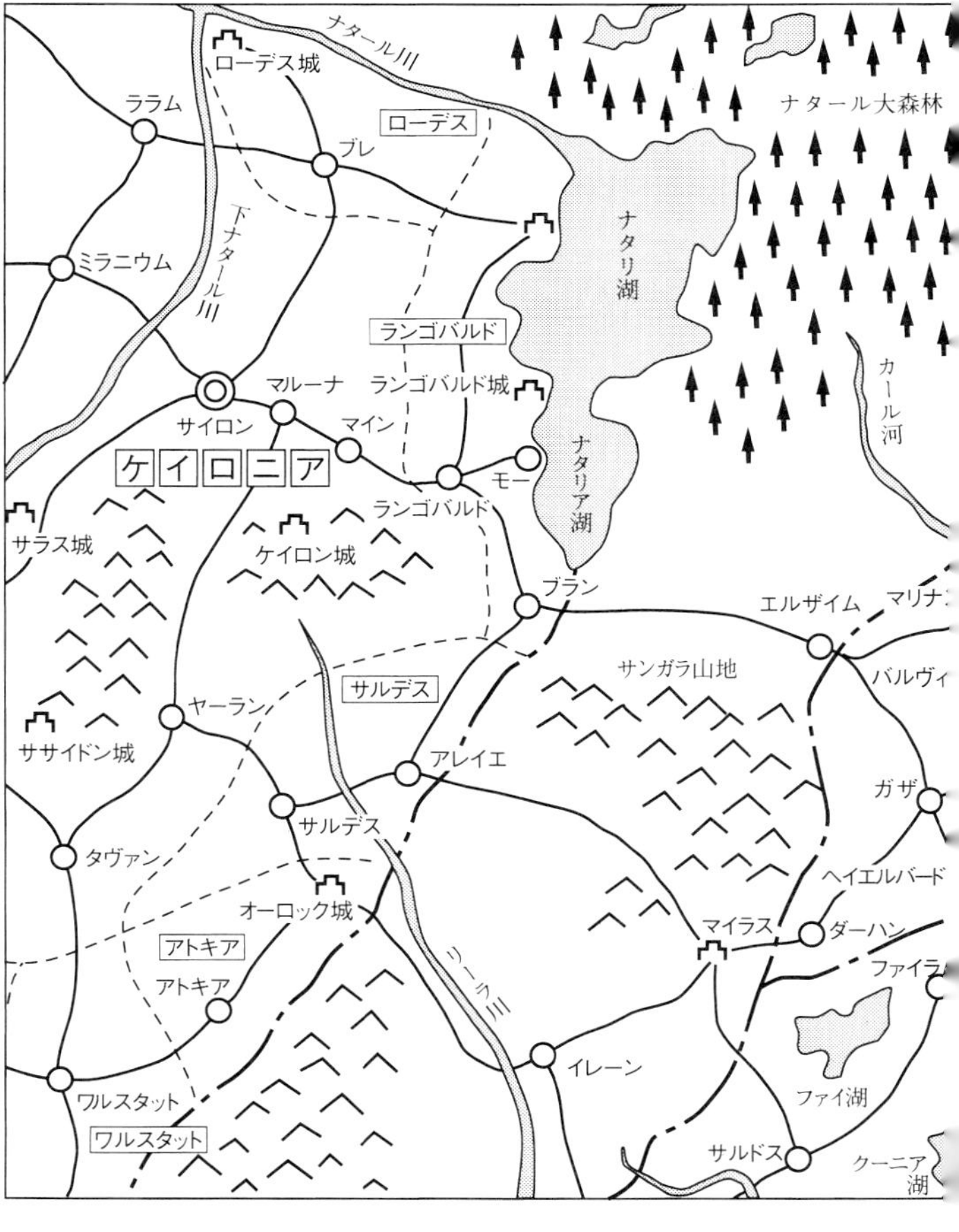

ナタール川
ローデス城
ララム
ローデス
ブレ
ナタール大森林
ナタリ湖
下ナタール川
ミラニウム
ランゴバルド
カール河
ランゴバルド城
マルーナ
サイロン
マイン
ケイロニア
モー
ナタリア湖
ランゴバルド
サラス城
ケイロン城
ブラン
エルザイム
マリナ
サンガラ山地
バルヴィ
サルデス
ヤーラン
ササイドン城
アレイエ
ガザ
サルデス
タヴァン
ヘイエルバード
オーロック城
マイラス
ダーハン
アトキア
ファイラ
アトキア
ルーク川
イレーン
ワルスタット
ファイ湖
ワルスタット
サルドス
クーニア湖

〔中原拡大図〕

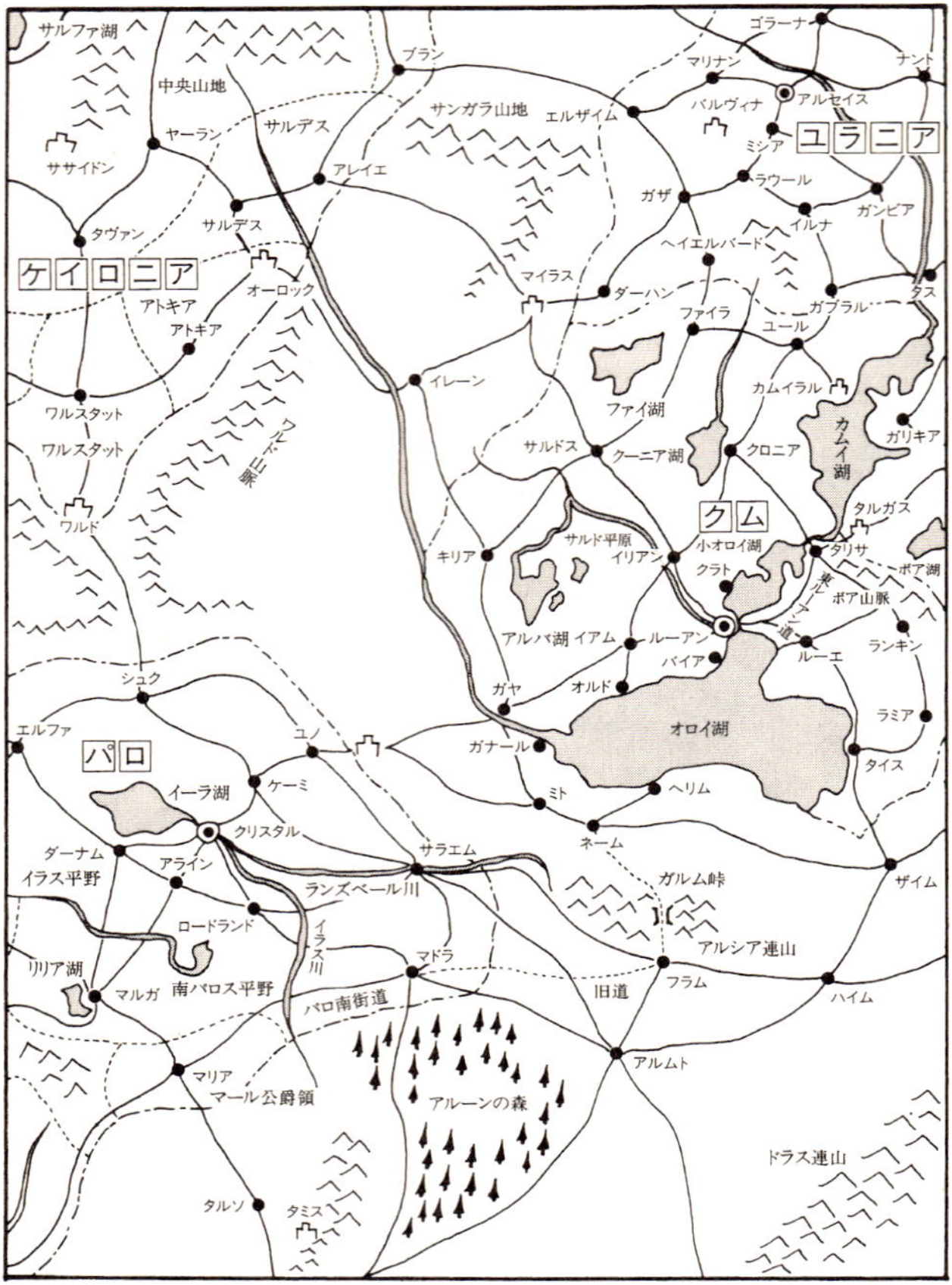
サルファ湖
中央山地
ササイドン
ヤーラン
サルデス
サルデス
タヴァン
ケイロニア
アトキア
アトキア
オーロック
ワルスタット
ワルスタット
ワルド山脈
ワルド
ブラン
サンガラ山地
エルザイム
アレイエ
マイラス
ダーハン
イレーン
ゴラーナ
マリナン
ナント
アルセイス
パルヴィナ
ユラニア
ミシア
ラウール
ガザ
ガンビア
イルナ
ヘイエルバード
タス
ガブラル
ファイラ
ユール
カムイラル
ファイ湖
カムイ湖
ガリキア
サルドス
クーニア湖
クロニア
クム
タルガス
サルド平原
小オロイ湖
イリアン
キリア
クラト
タリサ
ボア湖
東ルーアン道
ボア山脈
アルバ湖
イアム
ルーアン
ランキン
バイア
ルーエ
オルド
ガヤ
ラミア
オロイ湖
ガナール
タイス
シュク
エルファ
パロ
ユノ
ケーミ
イーラ湖
ヘリム
ミト
ネーム
クリスタル
ダーナム
サラエム
アライン
ザイム
イラス平野
ランズベール川
ガルム峠
ロードランド
イラス川
アルシア連山
マドラ
リリア湖
マルガ
南パロス平野
フラム
ハイム
旧道
パロ南街道
アルムト
マリア
マール公爵領
アルーンの森
ドラス連山
タルソ
タミス

豹頭王の挑戦

登場人物

グイン……………………………………………ケイロニア王
マリウス…………………………………………吟遊詩人
リギア……………………………………………聖騎士伯。ルナンの娘
フロリー…………………………………………アムネリスの元侍女
スーティ…………………………………………フロリーの息子
スイラン…………………………………………傭兵

第一話　傭兵スイラン

1

どんどんと乱暴にドアを叩く音はなおも続いていた。

「あけろ。——早く、あけないか」

「はいはい、わかりましたよ。なんて、せっかちな。——なんだい、カギなんかかかっていないじゃないか。入りたければ、あけてとっとと自分で入ってくればよさそうなものじゃないかえ」

ペンペンばあさんは不平そうな声をあげながら、よっこらしょと立ち上がってのろのろと入口に向かっていった。どんどんと叩く音と声とは、そのあいださえ待てないかのように荒々しく続いていた。

「どうした。早くしろ。何をしている。あけられない事情でもあるのか」

「ど……どうしましょう……」

フロリーは怯えながらそっとスーティを抱き寄せてグインのほうを見上げた。グインは何もするなとかぶりをふり、黒い長いマントの下で腰に帯びている愛剣の柄にそっと手をかけた。もしも臨検で、どうあっても言い逃れが聞かぬものなら、こんどこそ、それにものを言わせるほかはない。

「はいはい、あけたよ。なんだねえ、こんな夜遅くに……おわッ。何をするんだえ、乱暴な」

「ばばあに用はない。どけ」

乱暴に押しのけられて、ペンペンばあさんはよろけて壁に倒れかかった。

どかどかと踏み込んできたのは、だが、クムの衛兵ではなかった。あの特徴ある格好をした、ごついクムのよろいかぶとをつけた衛兵ではない。そうと見たとたんにフロリーのからだから力が抜けたが、グインのほうはまだ、そこまで安心はできなかった。入ってきたのは、大柄なやはりよろいかぶとを身につけた兵士だったからだ。傷だらけのよろいの胸にはどこの所属を示す紋章もなく、その肩から長い皮マントがかけられている。かぶとも何のかざりもない実用一点張りのものだったが、入ってきた男はそれをひょいとぬいで、こわきにかかえた。

かぶとの下からあらわれた顔もまた傷だらけだった。ごつい、四角いあごをもつ、強そうな顔で、どこの血が入っているのかといわれれば、おそらくはユラニアではないかと思われただろう。目と目のあいだが開いていて、それで妙に平べったい顔にみえたが、鼻の下とあごにはむしゃむしゃと赤っぽいひげが生えていて、眉も濃い。肩幅も広く、首も太い、まったくの闘士の体形をしている。どこからみても、それは歴戦の傭兵であった。日にやけた顔に、右の眉じりから頬にかけて、かなり大きな白っぽい古傷が走っていて、それのせいでいくぶん顔がひきつれているので、かなり凶悪な人相には見える。ほかにも、額にも小さな傷があったし、唇のはたにも大昔の刀傷とおぼしいものがあった。

「おお、これがそのミロク教徒の夫婦というやつだな」

その傭兵の口からもれたのは、だが意外な言葉だった。

「案ずるな。俺はべつだんクムの兵士でもなければ臨検の衛兵でもない。見てのとおりの、旅から旅の傭兵だ。──俺の名はスイランという。見知っておいてくれ、夫婦の者」

「あ……あの……」

フロリーはやっと、スーティを抱きしめたままおずおずと云った。

「あのう、ど──どのようなご用件でございましょうか……？」

「そうきくのももっともだな。俺もいつもの無手勝流の傭兵の流儀で、びっくりさせたらすまぬことだった。実は、お前たちを護衛してここに泊まっているという、珍しい女の傭兵だという女騎士が『赤いめんどり旅館』にさっき来てな。それで、飯を食いながらさまざまな話で盛り上がっていたのだが、その女傭兵から、自分のいまの仕事は病気のミロク教徒でもと傭兵だという大男と、そしてその若い女房と幼い子供をヤガまで護衛することなのだ、という話をきいたので、やもたてもたまらなくなって飛んできたのだ」

「やも……たても……？」

「そういうことなら、もうちょっとは礼儀作法をわきまえたらよかりそうなもんじゃ」

ペンペンばあさんが怒って壁ぎわからまくしたてた。

「いきなり、大声を出したり、どんどん扉をいまにも蹴破るばかりに叩いたり。まったく傭兵なんぞというやからは、それだからわしはいやなんだよ。なんだってこう不作法者ばかりなんだろう」

「うるせえばばあだな。だから傭兵などというものは礼儀知らずだと云っているだろう。ほれ、これでもやるから、あっちにいってろ。俺はこの客人たちと話がしてえんだ」

スイランと名乗った男は、いきなりかくしに手をつっこんで、何かつかみだしたかと思うと、ペンペン婆さんの手をとって、その手の上に銀貨を一枚のせた。ペンペン婆さんはびっくりして、それを突っ返したものか、受け取ったものか、迷うようだったが、それから思い返して、急にそれを胸もとに突っ込むと、愛想がよくなってしわだらけの顔をくしゃくしゃにした。

「まあ、しょうがないわな。じゃあ、とにかく飯は届けたでな。食いおわったら、すまないが、奥さんや、あんた母屋に盆と食器を返しにきておくれ。そのときにまた、いろいろとミロク教徒について聞かせておくれよ、頼んだよ」

「あ、は、はい。わかりました。有難うございます」

「ま、ゆっくり休みなされや」

婆さんがよちよちと出てゆくのを、スイランはじれったそうに待っていた。

「あんたら、これから飯だったのか。いいよ、かまわんから、俺にかまわず、はじめてくれ。俺はもうとっくに赤いめんどり旅館ですましたところだし、どっちにせよまたあそこに戻って飲むつもりだ」

そこまできいてはじめて、フロリーとグインとは、相手が、相当早い時間から飲んでいたのか、かなり酒気を帯びていることに気付いた。

だが、べつだん泥酔している、というほどでもなさそうだった。顔は怖いが、それほど、悪い男とも思われない。もっともやることなすこと、粗暴で乱暴には違いない。

「さ、どうか飯にしてくれ。俺が邪魔したとあっては相済まぬ。ことに見れば小さい子がいるようすだ。おおそうだ、俺もこれを勝手にやらせてもらうが――どうだ、御主人、あんたも飲るか」

スイランは、腰帯からさげてあった何かをとりだした。それは、かなり大きな傭兵用の水筒であった。

「赤いめんどりであそこの自慢の自家製のどぶろくを詰めてもらったのだ。足りなければまた買ってくる。俺の思ったとおりだったら、一緒に祝杯をあげようと思ってわざわざ持ってきたのだ。さ、飯にしてくれ、奥さん。それに坊や」

「は……はい……」

怯えた顔でそちらを見ながら、フロリーは盆をひきよせ、とにかくスーティにだけは食事をさせておこうと、スーティの分の食物をとりあえず取り分けた。

「いい子にして、これを食べていらっしゃい。――母様たちはあとでいただきますからね。お腹がすいたでしょ、ス――坊や」

「……………」

スーティは親指をくわえたまま、心配そうで、食事どころではなさそうだったが、とりあえずフロリーがあてがったパンをちゅうちゅう吸い始めた。どちらにせよ、グインは、マントをとるわけにはゆかなかったし、そうである以上、フロリーも一緒に食事をはじめる気になどなれるわけもなかった。

「あの……あの、これは……これは、どういうことなのでしょうか……」

フロリーはやっとのことで、勇気をふるいおこして小さな声で云った。

「うちの……うちのひ――ひとは、あのう、加減が悪くて……口も……きけないのでございますが……」

「それも聞いた。その傭兵、リナといったかな、その女が、ひどく具合が悪くて、なんでも黒疫病がすすんで、傭兵稼業のなれのはてと世をはかなんだと云っているのをきいて、俺はいっぺんにぴんときたのだ。そういえば今日船つき場で、黒いミロクの巡礼のマントを着てうずくまっている大男がいて、なんと大きなやつだ、まるで俺の探してる男みたいだと――そう思っていたのだ」

「さ――探して……いる……？」

フロリーはますます仰天して口ごもった。

「あの、そ、それは……」

「俺はもともとはるかなキタイで生まれ育った男だった」

スイランは、どかりと、何も云われぬのにテーブルの前に座り込むと、勝手に、水筒の蓋に酒をついで飲み始めた。

「もともと武芸だけが取り柄のような無学な人間だったので、傭兵になることは生まれたときからさだめられているようなものだった。十人兄弟の下から二番目でもあったしな。口べらしに騎士の見習いに出され、そこで剣術を仕込まれて、そのあとはもうずーっと旅から旅の傭兵稼業で生きてきたよ。度重なる合戦にもちゃんと生き延びてきたところをみると、それなりに強いんだろう。だが、そのはてに、キタイはもう仕事をあさりつくして、だんだんと飽きてもきたし、中原はよいところだという話をきいて、船に乗ってはるばると、沿海州までやってきて……それから、またいろいろとたくさんの仕事を重ねながら、とうとうクムにたどりついたというわけで、いまのところは仕事探し中の身、誰にも雇われてはいないが……」

「は、は……はい……」

「そう、びくびくせんでくれ。確かに俺は顔は怖いし、こんな大きな傷もあるが、これは傭兵暮らしなら誰でもひとつやふたつは持っているいわば仕事の手形のようなもんだ。何もあんたみたいな小さな可愛いひとに危害を加えようなんぞとは思わねえよ」

「は——はい、いえ……」

「なあ、兄弟」

突然スイランが、グインに向き直ってことばをあらためたので、さらにフロリーは飛び上がった。

「なあ、もし違ったら許してくれ。だが、お前、ノーマドだろう。違うのか。遠い昔あのはるかなアルカンドの戦場で、俺の兄弟分だったノーマド、あのノーマドじゃねえのか。どうも俺にゃそういう気がしてならねえんだ。——大体お前ほどでけえ奴というのがそうそう簡単にいるわけがねえ。俺はあの波止場でお前がうずくまってるのを見たとたんに、はっと胸をつかれた気がして、あの大きさ、あの輪郭、ありゃあ絶対に俺の探してるノーマドじゃねえのかと思ってなあ。それからこっち気になって気になって……あのときに駈け寄って声をかけようとしてたのだが、そうしたらそこにあのクムの衛兵がやってきてとがめだてをしたから、出るすきがなくなり……こっちもあんまり衛兵にかかりあいになりてえ事情だけじゃなかったからな。それで、ちょっとくわばらくわばらと遠くに逃げておいて、衛兵が消えたから戻って話を聞こうとしたら、もうあんたらしいもんの姿はなかった。だが、あれだけでけえ男はほかにそういるわけはない、聞けばわかるだろうとあのへんの店のものらに聞いたところが、確かにそれらしいのが、こっちにきたというからさ。まあ偶然俺も十日ほど前から、赤いめんどり旅館に泊まっていたのでなあ。じゃあこっちにくるならこの旅館に泊まるだろうかと思っているところへ、あの女騎士のリナがきてそういう話をするから、そいつ、このくらいのでかさじゃねえかと聞いたらそのとおりだという。それでもう、やもたてもたまらなくなって飛んできたのだ。なあ、お前がもしノーマドだったら、いつぞやのことは許してくれ。おらあ、ずっと長い長いあいだ、そうさなもう十五年ものあいだ、あのときお前をアルカンドで見捨てて、押し寄せる敵軍のまっただ中にただひとり残して逃げたことをずっと気にしていたのだ。かりそめにも兄弟分の堅いちぎりをかわしながら、俺はひでえやつだと、かたときも、お前のことが心をはなれるときはなかった」

「……」

グインはますます、フードをかたむけ、顔を隠してうずくまったままだった。どう答えようもなかったのだ。このさいは、まったく口がきけぬということで押し通すほかはなかった。

「ずっとだが、お前ほどの戦士があの戦いでいのちを落とすわけもねえと信じていたよ。――確かにあれはほんとに激しい戦いじゃあったが、お前はそれこそ――いまでいうならケイロニアの豹頭王グインくらいしか匹敵するものもねえくらい、地上最高の戦士だといつも俺は思って惚れ惚れとお前の戦いぶりを見ていた。そのお前と兄弟分になれたのが、俺は一番嬉しいことだった。……それが、あんなふうにして、見捨てていくことになっちまって――誓っていうが俺の本意だったんじゃねえ。あれは、隊長のくそ野郎の命令だった。それで、俺は、のちに隊長を殴りつけて除隊をくらったくらいだったんだ。――だが、やっぱり案の定、ノーマドらしいでけえ男をあの戦場で見かけた、この傭兵隊にいた、という話をきいてな。――お前のその、めったにねえからだのでかさがめじるしになって……いつかは会えるだろうと思ってたが、ひとこと詫びの云いたさに、俺もなるべくお前の消息を集めちゃ、いつか自由に動けるようになったら、お前に会いにゆこうと、ずっと考えていたんだが……次から次へといくさがあいついでなかなか思うにまかせず、やっととうとう足をあらって自由になったときにゃ……そのころだったたな、さいごにお前の消息をきいたのは。あれは確か、お前も知ってたはずのあのちびのグジョー、なんでも屋のグジョーを覚えてるだろう。あいつが、知らせてくれたんだ。偶然、武器だの食い物だのを売りつけようと戦場かせぎのよろずやになってあらわれて、お前じゃねえかって話になったときにな。――そんときに、ノーマドを見てねえか、どこの隊に、どこの国にいるのか知らねえかときいたら、グジョーが教えてくれたんだ。お前は、重い病気になって、どうやらだんだん顔もくずれ、目も見えず口もきけず、耳も聞こえぬようになってゆくらしいあのおっそろしいドールの病、黒疫病にかかったらしい、とな。……そうきいて、嘘だろうといったのを覚えてるよ。――俺の兄弟分のノーマドはケイロニアの豹頭王グインをのぞいたら世界一の勇士で戦士で最高の傭兵だ。あのすさまじいアルカンド全滅の戦いでさえ生き延びた、すごい戦士なんだ。それが、どうしてそんなドールの病なんかでくたばるわけがあるとな……だが、それで、俺は、あとでそのへんの波止場のやつから、あのでかいミロクの巡礼はどうやらもとは非常に有名な傭兵で勇敢な戦士だったのが、黒疫病でからだが不自由になり、世話をされながらヤガにさいごの巡礼の旅に出ている人だったらしい、ときいて、胸がつぶれるのじゃねえかと思ったんだ。もうあの波止場かいわいは、その話題でもちきりだったんだよ」

「………」

グインにとっては、これはなかなか気に留めておかなくてはならぬ事実だった。自分が、すでにああして、いっときそこに姿をあらわしただけでも、すでにうわさになってしまっているのだ、という事実を、グインはひそかにまたあらためて胸に刻み込んだ。人里が、どれだけ自分にとって困難なところかを、あらためて、グインは悟らなくてはならなかったのだ。

「なあ、ノーマド、なんとかいってくれ。それともまだ、あのアルカンドのときのことを怒ってるのか。あんな卑怯な行動をするやつは、もう、おのれの兄弟分でも義兄弟でもなんでもねえ、口などきけねえ、ってことか。——だから、あれは、くそ野郎のあのアル隊長のせいだといってるだろう。おらあ傭兵だったんだ。傭兵は、隊長の命令をきかねえわけにゃあゆかねえだろう」

「……」

「なあ、それとも……」

「あの、あの、スイランさま」

必死に、フロリーは口をはさんだ。フロリーにしてみれば決死の勇気である。

「うちの……うちのひとは、もう口もきけませんし、耳もよく聞こえませんのです。目も見えませんし……それに、うちの……うちのひとは……あの、グンドといいまして、そのような、決して、お探しの……ノーマドというような名前のかたではないんでございます……あの、残念ですけれど、本当に……」

「隠さなくたっていいってことよ。奥さん」

スイランはてんから信じたようすもなかった。

「まあ、その口もきけねえし耳も聞こえねえし、目もみえないってのは、だからグジョーから聞いたがね。この病はそうなってゆき、ついには生きたしかばねのようになって動くことも出来なくなってその場で生き腐れてゆくんだ、という話を俺がグジョーにきいたのからして、もう三年も前のこった。だから、それから三年たちゃ、たしかにその分、三年分病は悪くなっているんだろうさ。俺だって、生きてるうちにもういっぺん、大好きだった兄分のノーマドに会いたいと思うからこそ、そのあとはもう年期を入れての傭兵奉公はやめ、単発で戦場から戦場へ渡り歩く《渡り鳥》ってやつになり——そうして、あんたの消息を求めてずっとあちこちしてきたんだ。ここでこうして会えたのは、どう思ったってミロク様のお引き合わせだ。——というのも、俺も……あんたが、ミロク教徒に帰依したらしいというのもグジョーからきいて、驚いたので、いろいろとミロク教について調べてみてな。まだ、こんな人殺し稼業で、ミロク様に許されるような仕事じゃねえから、正式に洗礼は受けてはいないが、かなり心をひかれるものがあってな。これまでのおのれの生き方とはあまりにも正反対の教えだったのでな。——それで、きょう、そのミロクの巡礼についてもすぐに目についた。ミロクの巡礼さえみれば、もしやあれがノーマドではないのかと、かけよってみたり……もっとも、最初からそうでねえことはわかってたよ。なぜって、ノーマドほどでけえ奴は、これまでどんなミロクの巡礼にだって、一回として見たこともなかったからな。——こうなったら、俺も傭兵から足をきっぱり洗い、聖地ヤガへいって、ミロク教徒になって待っていれば、ノーマドがやってくるのに会えるだろうかと思ったりもしたのだが、生まれてこのかた、十歳からずっとやってきたこの稼業よりほかに、口を糊する方法をなんにも知らねえこの俺でな……」

顔じゅう古傷だらけの古強者の傭兵は、大きな深い溜息をひとつついた。

「こんな俺など、ミロクさまは決して受け入れてお許しはくださるまいよ。だから、それを思うとなあ。俺もなかなか、ふんぎりがつかねえのでなあ」

「そんなことはありませんわ！」

フロリーは思わず叫んだ。いつのまにか一生懸命になってパンをスープにひたしてはちゅうちゅうかじっていたスーティが驚いて飛び上がるくらい、フロリーにしては珍しい大きな声だった。

「ミロクさまは、どのような過去をも、どのような罪をも決してとがめだてたりなさいません。そのかわり、悔い改めて、このミロクさまのみ教えに従って生きよ、それなれば、何のとがめることがあろうかとお教え下さるのです。——ミロクさまはどんなあわれな罪深い魂も、受け入れてお導き下さるのです。そうして、ミロクさまはわたくしのような罪深いものにもこんなにもたくさんのお恵みとお許しを下さいました……」

フロリーはそっとスーティの頭をかかえよせるようにした。それから、ちいさな両手をあわせてミロクの祈りをつぶやいた。

「ああ、そうですわ。いまからだって、何の遅いことがありましょう。スイランさまもどうぞミロクのみ教えに目を開かれてくださいい。そうすれば、ミロクさまは何もかもご存知の上でおゆるしになり、受け入れてくださいます。そうですとも——ミロクさまは、すべてをしろしめし、すべてをお許しになり、すべてをさだめられるのです。すべてを受け入れ、すべてを許し、すべてを愛されます。……ですから、これまで——よしんばきのうまで恐しい、ミロクさまのみ心にそわぬ人殺しやみだらな口にできぬような行為にふけっていたような人でも、しんそこ悔い改めてミロクさまに帰依なさるのなら、ミロクさまは……必ずや受け入れてくださいます」

「あんたも、熱烈なミロク信者なんだな。奥さん」

スイランは感心したようにいった。そして、あらためて、暗いろうそくのあかりのなかで、フロリーのちいさなすがたをまじまじと上から下まで見回した。

「なんだか、ちっさな小娘みたいに見えるが、ずいぶん熱心な信者なんだね。どこで、ノーマドの旦那と知り合いなすった。ずいぶんと年も経歴もからだの大きさもかけはなれていて、あんたがあのノーマドのさいごのかみさんだなんて、なかなか想像もつかねえな。いっそ、むすめだ、といったほうがまだ納得がゆくくらいだ。そもそもノーマドは、傭兵というのはただひとりで生きて、死んでゆくもので、決して家庭など持たぬものだ、足手まといの家族などがいたら戦えぬではないか、という主義主張のやつだったんだがねえ……」

「で、ですから、この……うちのひとは……そのノーマドさんとやらではないんですわ」

フロリーはあわてて云った。

「そのかたをお探しのスイランさまのお心は……そのまごころはとてもたっといと思いますけれど、でも、うちのひとはグンドと申します。ノーマドさんではないんです。本当なんですよ……どうか、信じていただけませんか」

「なにも、この俺にまで隠し立てをすることたあねえだろう、水くさい」

だが、スイランは、あいにくなことに、フロリーの言い分をてんから信じる気などなさそうだった。

「俺はからだつきだけで、兄弟分が見分けられねえほどもうろくしちゃあいねえつもりだぜ。第一、何度もいってるだろう。ノーマドほどでけえ奴はほかにはいねえ、ってな。そこまででけえ男ってのは、クムの英雄、戦闘士のガンダルか、さもなきゃケイロニアの若き軍神、タルーアンの戦士ゼノン将軍か——そうでなけりゃ、それこそ、世界一の戦士であるケイロニア王グインそのひとだけさ。俺は、それらの軍神たちと肩をならべるほどのすげえ戦士である傭兵のノーマドと兄弟分だったのが、それはそれは得意だったもんだ。――なあ、奥さん、そりゃ、こんな状態になって、昔はとても有名でもありゃ、傭兵のあいだじゃ、クムのノーマドといって、それもけっこう名も通っていたんだ。こんなありさまなのを知られたくねえ、ましてや旧知に知られたくねえのもよくわかる。だが、水くせえじゃねえか――俺はノーマドと義兄弟だったんだぜ？　かたいちぎりをかわし、死ぬなら一緒、生きのびるも一緒と血さかずきをかわした戦場兄弟だ。病がうつるのどうのなんて、気にもしやしねえし、もしも本当にそういう不幸な病なら、俺も一緒にヤガまでいって、さいごをみとってやりてえよ。その一心で、ずっとノーマドの行方をさがしていたんだ。やっと見つけたんだからな。もう、何がなんでも、金輪際はなれやしねえぞ――さいわいなことに、いまは俺はどこにも属してねえ、自由の身なんだしな。第一そんな不自由なからだで、こんなちっさな女房と幼い子供とでヤガを目指すなんざ、このさきの道中で追い剝ぎや山賊に襲ってくれっていってるみたいなもんじゃねえか。駄目だよ。これからは俺が一緒だ――もう、大船に乗った気でいろよ。なに、心配はいらねえってことだよ。ちゃんと面倒見てやるよ。兄弟なんだからな」

2

ご想像のとおりこれはフロリーを安心させるにはほどとおいことばであった。

「まあ――まあ、どうしましょう……どうしたらいいのかしら……」

フロリーはほとほと困惑して、両手を握り締めてそうつぶやくばかりで、いっこうに、どう言い抜けていいものか、どうこのスイランという傭兵を納得させたものか、想像もつかなかった。

むろんスーティが何かの役にたとうわけもないし、またグインもこのさいは、「口もきけず、耳も聞こえない」ということになっているのだから、反応をさえ示すわけにもゆかぬ立場である。むしろ、何をどう思おうと、どう感じようとぴくりとさえことばに反応してはならぬグインこそ、もっともきびしい立場におかれているといわなくてはならなかっただろう。ただ、リギアかマリウスが戻ってきて、この奇妙な窮地からうまくのがれる方法を見つけてくれるのを待つほかはなかった。

さいわいにして、ひとつだけ救いといえたのは、スイランはまったくグインの顔をのぞきこもうだの、返事を要求しようだの、というそぶりはみせもせぬことだった。むろん、「口もきけず、耳もきこえない」というふれこみをそのとおりに信じてもいれば、また多少は、病を恐れてもいたのかもしれない。だが、それで、グインはただひたすらうずくまり、何ひとつ聞こえぬふりをして、必死に居心地のわるさに耐えていたが、スイランのほうはまた、なおも自分だけちびりちびりと酒を飲みながら、勝手にもう完全に相手が義兄弟のノーマドのなれのはてのすがただと決めつけてしまい、あれこれと思い出話をかきくどいていた。

「なあ、あのときにゃ、あんたの戦いっぷりはほんとにすごかったよなあ、ノーマド。あのときに俺ぁ、ああ、俺が兄分と仰ぐにゃ、この人っきゃいねえなあとしんそこ惚れ込んだのさ。じっさい鬼神のような戦いっぷりだったぜ——俺もなあ、十歳から騎士見習いに入って、それからずっと長い長いあいだ、三十年以上のあいだ、傭兵として生きてきたがなあ。あんなすげえ戦いっぷりをみたのははじめてだったぜ。——一度でいいから、あんたをあの、世界最強の男といわれるケイロニアの豹頭王、豹頭の戦士グインとぶつけてみたかったもんだ。いまとなっちゃ、病に倒れてもうたぶんあの戦いぶりもあとかたもねえんだろうなあ——そう思うと、なんだかもうおらあ胸が張り裂けそうになるよ。あれほどの戦士が、かわりはてたこんな黒い粗末なマントに身を包んだ小山みてえな——口もきけなけりゃ、耳もきこえねえ、ただの廃人の巡礼となりはてて、こんな小鳥みたいにちっさなうら若い奥さんに手をひかれてよろよろとヤガを目指し──それもただ死ぬためだけに目指すんだと思うと、おらあ本当に胸が張り裂けそうだ。なんとかして、もういっぺん、ミロクの神様のみめぐみによって、その病気が、なんとかなおらねえものかなあ。そうして、また俺と一緒に、肩をならべ、馬をならべて戦場に出られねえものかなあ……それを俺は、長い長いあいだ、ずっと夢に見て、それまでは死んでたまるかとどんな戦場、どんなきびしいいくさをも生き抜いてきたんだけれどもなあ……」

スイランは大仰にはなをすすりあげて、また酒をこぽこぽと小さな水筒の蓋についだ。

「お前とめぐりあったら、祝杯をあげて語り明かそうとずっと思っていたんだが、ようやっと長い長い年月のはてにめぐりあっても、ともに酒をくみかわすことも出来ねえし、語り明かすってことも無理になっちまったわけだ。──せめても、あんたのかわりに、俺が二人分飲んでやるしかねえなあと思うよ。……いやあ、なんだか、本当になあ……いま思うと夢みたいだなあ。なんもかんもなあ……」

スイランはすっかり感傷の虫に取り付かれてしまっているようだった。むさくるしいひげづらが紅潮し──それはたぶんにさっきから飲み続けている酒のせいもあったには違いないが──目には涙まで浮かんでいた。すっかり自分の思い出に酔っているように、あの戦場、この戦いの記憶を語り続けている。グインもフロリーも、かなり困惑してきた。それにもまして、スーティが相当長旅で疲れていて、はやく寝かせてやりたい、という心配もある。だが、おとなしいフロリーでは、こんな大柄な傭兵あいてに、そんなふうにうまくあしらうことなど、出来っこなかった。

また、とにもかくにもグインはまったく「口もきけず、目もみえない」というのが、たてまえである。グインのほうからは、反応することもできないし、動くわけにもゆかない。そうすれば、そのいっていることが嘘であることもみなばれてしまう。これは、まことにもって困惑させられる、万策つきはてる状況であるともいえた。

だが、かれらにとっては心からほっとすることに、それからものの十タルザンとせぬうちに、またかるく扉がノックされた。

「私です。いま戻りました」

それは、リギアの声であった。フロリーは心の底からほっとして珍しいほどの勢いで扉にかけよった。

「ああ、あの……リ……リ……」

「リナです」

リギアはすかさず云った。だが、一歩中に入るなり目をまるくした。

「あら、これはどういうことなの」

「おお、さっきの女傭兵さんだな」

もうかなり出来上がってきたスイランが、思い出話は尽きることもないけれども、さすがにひとりで、返事もまともにせぬフロリーと、まったく反応をかえさぬグインと幼いスーティをあいてにくだをまきつづけているのには少しばかり淋しかったとみえて、妙に嬉しそうな声をあげてふりむいた。

「ちょうどいいとこに戻ってきなすった。さ、一緒に飲もう。酒がなくなったらまたいって買ってきてやる。今日はもうなんもかんも俺のおごりだ。おらあ、今日はどうにもこうにも嬉しくって、しょうがねえんだからな。——なんたって、何年にもわたってずっとずっと探し続けていた、気になってたまんなかった兄弟分のノーマドをとうとう見つけだしたんだ。もう、おらあ決してこいつを見失うような馬鹿な真似はしねえぞ。ずっとずっと気になっていたんだ。あの大昔の、十五年も昔のアルカンドのあの戦い以来——とにかく一度だけでも弁明をしたくてな、あれは俺のやりたくてやったこっちゃねえ……くそたれの隊長が……」

またしても、これまでにもうフロリーとグインとスーティは十回ばかりもきかされた話がはじまりそうになったが、リギアは眉をしかめて、どういうことなのかと問いただすようにフロリーを見た。

「あの……あの、この傭兵の……」

「スイランだ、奥さん」

「スイランさんは……さっき、宿のおばさんがお夕食を持って見えたときに、ちょっとあとにおいでになって……リ、リ……」

「リナよ」

「リナさんが、あちらの宿屋においでになって、いろいろお話になるのをきいていて、それがたぶん……御自分のずっと探していた兄弟分の傭兵のかただと確信なさったんだそうなんです……」

「なんですって」

リギアは瞬間、いやな顔をした。それから、スイランに向かって手厳しく云った。

「あんた、そういえば赤いめんどりの食堂で飲んだくれてたよね。あのトーラス帰りの傭兵団のなかのひとりだったんだろう。その赤ひげと、その顔の傷になんとなく見覚えがある。なんだって、お前さん、ひとがいないあいだにひとの客んとこに入り込んでガタガタいうのさ。あたしから、仕事をとろうってのかい」

フロリーは、リギアがまるきりいつもと違う口調でものをいったので、びっくりして、まじまじとリギアをみた。だが、リギアは、日頃傭兵としてふるまうときには、こうして傭兵の流儀に従っているのであるらしく、いかにも馴れきった伝法な口調で続けた。

「その病人の傭兵あがりさんと、その御家族をヤガに連れてくってのは、あたしが請け負ってる仕事なんだからね。横合いから出てきて、そいつをひったくってゆこうったって、そうはさせないよ。女だと思って甘く見るんじゃないよ。女だからって、野郎どもと互角に戦ってゆける——いや、たいていの野郎どもなんかあっさり投げ飛ばすくらいの自信がなくて、こんな稼業をしてると思うのかい」

「おい、ねえさん、ねえさん」

スイランはあわてたように両手をあげて、抵抗する気のないようすを示した。

「待ってくれ。そうぽんぽん云われたんじゃあ、すっかりせっかくの酔いがさめっちまわあ。口のはええ姐さんだなあ。——何も、そんな、あんたの仕事をとろうなんてつもりなんざ、全然ありゃあしねえんだからさあ。おらあただ、ずっと探していた兄弟分をあんたの話のおかげでどうやら探しあてられて、あんまり嬉しかったからさ——一刻も早くノーマドに会いてえし、会って本当にノーマドかどうか確かめたかったしさ。——だがあんたはまだ当分、あっちの食堂でみなと腰をすえて飲んでいるようだったし。本当をいやあそりゃ、あんたが帰るときまでまって、事情を話して俺も連れてってその男に会わせてくれというべきだったかもしれねえさ。だが、あんた、まだ当分飲んでるようだったじゃねえか」

「お前、あのときからもう酔っぱらっていたじゃないかね」

リギアはつけつけときめつけた。

「お前だけじゃなく、あのお前の仲間どももみんな酔っぱらってて、しょうがねえったらありゃあしない。――第一、その人はそのノーマドとかって傭兵じゃあないよ。あたしが聞いたその人の名前はグンドってんだ。タルーアンのグンドさん。ノーマドだとかいう、お前の知り合いであるもんかね」

「そんなことがあるもんか」

　スイランは反撃した。

「なんぼ俺が酔っぱらってるからって、こんな大事なことを見分けもつかねえほどくらい酔っちゃいねえや。第一、俺はそれで確かめてやろうと思ったんだ――見てみろよ。この体の大きさ、尋常じゃありゃしねえ。こんなでけえ男が、そうざらにころがっているもんか。ケイロニアの豹頭王じゃあるまいし、こんなでけえ人間なんかそんじょそこらに二人三人といるもんじゃねえ。肩幅から何から何まで普通の人間とはあまりに違いすぎて、おっそろしく目にたつじゃねえか。――このでかさだけだって充分すぎるほど確かじゃねえか」

「お前は、馬鹿だね」

　するどくリギアは云った。

「もしかしたらこれがケイロニアの豹頭王その人だったらどうするんだ。この世の中、どんなことだっておこりうるんだよ。そんなことも考えつかないから、お前はいつまでたってもうだつの上がらない傭兵だっていうのさ」

「別に、いいよ、おらあもう、一生うだつなんざ、あげたくもねえ。将軍になんぞなるものじゃねえ。いくさに負けたとき、一介の平傭兵ならすました顔で紋章をちぎりすてて、相手の国にもぐりこんでまた雇ってもらやあすむこったが、将軍様、大隊長様ともなったら、とっつかまって死刑じゃねえか。おらあ出世なんざ、してえとも思わんね」

スイランは言い返した。

「第一、じゃあ、このひとがケイロニアの豹頭王そのひとだとでもいうのかよ、ええ、姐さん」

「知るもんか。あたしゃ、黒疫がうつるのなんざまっぴらごめんだから、最初から、フードのなかみなんざ、見ようなんてばかな気はおこしちゃいないからね。なかみがどんな顔かなんて――豹頭か人間の顔か、それとももともと人間だった顔かなんてこたあ、確かめちゃいないよ」

「だったら俺のほうが確かだ。おらあこのからだつきにちゃんと見覚えがあるんだからな」

スイランは言い張った。

「この人は俺の探してたノーマドの兄貴に間違いねえ。俺の知る限り一番でかくて、一番たくましくて、一番頼もしい傭兵だった。――だが、ずっとせんに、戦場でゆき別れたきり、たまに消息をきく程度だった。その消息で確かに、ノーマドが黒疫の病におかされたと聞いたんだ。こんなでかい人間で、しかも同じ、流行り病いでも珍しいそんなやつにかかってるのが何人も偶然いるわきゃあねえだろう。いやあ、間違いねえ。この人はノーマドだ。もしもなんたらと違う名前を名乗ってるとしたら、そいつは、誰にも迷惑をかけたくねえ――知り人に会ってもかわりはてたところを見られたくねえという、そういう涙ぐましい思いで偽名を使ってるんだと俺は信じてる。なあ、そうだろう。そうなんだろう。あんたはノーマドの兄貴だ。他の誰でもありえねえ――他には絶対に、こんなでけえ、こんなにたくましい男なんか、見たこともねえんだ、俺は」

「困ったねえ」

リギアは大きな溜息をついた。

「ほんとに、お前ときたら、単細胞のとんちきだよ。――よし、この人がその、あんたの探してた兄貴分だとしたからって、あんたに会って喜ぶかどうかなんて、わかったもんじゃないじゃないか。いまはもうこの人はほとんど目もみえなけりゃ耳もよく聞こえない。からだだってたぶんあたしにゃわかんないけどずいぶんしんどいんだろうよ。足も、あたしもけっこう遠くからこの人を連れてきたけれども、だんだん一日に歩ける距離が短くなって、からだがなまじでかいから大変さね。だがまだゆっくり歩けはするけど、こんなからだの大きさだから馬にだっておいそれと乗せられやしない。だから、馬車をしたててゆっくりゆっくり道中してきたんだけれどさ。たぶんもう、このさきもう少しいったらこんどはもう馬車に乗り込むことも出来なくなろうから、手押し車にでも乗せて馬にひかせるか、押してゆくしかないと思ってる。難儀なことじゃないか？　そういう人がさあ。昔のことをよく知ってる相手なんかに会いたがるとでも思うのかい？　いまのこんなざまを、なるべく誰にも見られたくないというのが、当たり前の思いなんじゃないのかい？」

「そんなことねえよ。あるはずがねえ」

スイランは元気よく反論した。

「ノーマドの兄貴がこの俺に、弟分のスイランに会いたがらないなんてことがあるもんか。どんな状態だって、俺に会ったら涙を流して、会いたかった、スイラン、元気でいたかっていってくれるに決まってるんだ。じゃあその証拠を見せようじゃないか。フードをとって俺がきたというのを、顔をよく見てもらって、耳のはたで俺の名前をいってみせよう。そうしたら、いくら目や耳がおかされてもう駄目になりかけていたって、少しは聞こえ、見えるに違いない……」

スイランが立ち上がってグインに近づこうとするので、あわててリギアはあいだにわりこんだ。フロリーもうろたえたあまり、まだゆっくりと食事を続けていたスーティをやにわにかかえあげて、スーティにぎゃあぎゃあ云われた。

「駄目だよ、何をするんだよ」

リギアは叫んだ。

「このひとは、黒疫病で……」

「ありゃあ、からだが元気なものにゃ、そうそう簡単にゃあうつらねえって話だ。俺は知ってるんだ。大丈夫だってば、おまけに俺はたんまり酒で消毒してる」

「お前はそうかもしれないけどね。あたしは困るんだよ。このさきだって、あたしゃ、元気でいなくちゃいけないわけがあるんだから。あたしだって、傭兵を続けるからにゃ、探してる人の一人や二人はいるんだからね。そこまで、探し当ててたどりつくときまで、あたしだって元気でいたいんだから」

「じゃあ、ちょっとはなれていたらいいじゃないか。なんならこれからヤガまでこの人たちを連れて護衛してってやる仕事は俺が引き受けてやらあ。それなら、あんただってもっと割りのいい、もっと楽でもっと安全な仕事を探しにゆけるだろうが」

「ほうら、本音が出たね、このワライオオカミめ」

リギアは罵って、ぱっと腰の剣に手をかけた。

「やっぱりあたしの仕事が割りがよさそうだとふんで、横取りにきやがったんだろう。油断しちゃいけないよ、奥さん。こういう奴はね、ヤガへの巡礼ってのは全財産を金にかえて持って出るから、さぞかしたんまり持ってるだろうと思って、それが目当てと相場はきまっているんだからね。お前さんなんざ、旦那は病気なんだし、ちょっと深い山のなかに連れ込まれて、たちまち旦那は殺され、金は奪われ、お前さんは犯されて殺されるか女郎に売っぱらわれ、子供だって谷底に放り込まれるか、子とりに売られるか、そんなところと決まってるんだよ」

「きゃああ」

リギアが妙に真に迫った声を出したので、フロリーは本気で怯えてスーティを抱きしめた。スイランは苦い顔をした。

「何をいうんだ、この暴れ牝馬め。いったい何を証拠にこんな大人しい善良な傭兵がそんな山賊のまねごとをすると決めつけやがるんだ。とんでもねえ牝だな」

「てやんでえ、大体お前が本当にそのノーマドとかいう兄弟分と知り合っていたかどうか、そんなものが実在していたのかどうかだって、とんと知れやしない話じゃないか。このご病人のからだつきをみて、とっさにでっちあげた、近づくための嘘八百じゃないという証拠はどこにあるんだい。いいかい、あたしの役目はね、お前みたいなやつらからも、ちゃんとこの気の毒なミロク教徒のご一家を守ってヤガに送り届けるってことにあるんだからね。さあ、とっとと赤いめんどり旅館にお戻り。だが、そこで仲間をかたらって今度は大勢でこのはなれを取り囲もうなんてしたって無駄だよ。あっちの連中はもう、あたしを女となめて無法をしようとしたから、一人二人ぶちのめしてやったからね。あたしの腕のほどはようわかっているから、誰もお前のたくらみになんか、のるものはないよ。ざまあみろ」

「なんて、すれっからしのあまだ」

　感心しきったように、スイランは叫んだ。

「なるほどたしかに、このくらい気が強くてすれっからしじゃなくっちゃあ、女だてらに流しの傭兵なんざあ、やってられるもんじゃあねえなあ。――だが、本当にそいつはとんだかんぐりってもんだ。俺は本当にずっとノーマドを探していたんだし、この人はノーマドに間違いねえんだし、そうして、俺は、ずっとこの人に恩を返したかったんだ。それだけのことなんだ。お前みたいなすれっからしにゃ、そういう純粋な人間の気持ちなんざ、わかりようもねえかもしれねえが、本当にそういうことってのも世の中にはあるもんなんだよ」

「ああ、ああ、世の中にはね。だがそんなものは、ちょっと山奥に入りさえすりゃあたちまちなくなるていどの世の中でしかないよ。さあ、とっとと帰った、帰った。気の毒にすっかりこのひとたちの飯だってさめちまったじゃないかね。お前が、このひとたちの邪魔をしてるんだよ。第一ここにきてまでぐびぐびぐび飲み続けてやがって、それだけでもお前なんざ、ミロク教徒の近く二十タッド以内に入る権利はないよ。ミロク教徒は基本的に確か酒は飲んじゃいけない、酒は悪魔の水なんだからね。な、そうだね、奥さん」

「は……はい……いえ、でも、あの……飲んでいい場合もあるのでございますが……」

「そんなこと、いくらあったって、このろくでなしとは関係ないじゃないの」

　リギアは苛々して云った。

「なんだってまったくこう、ミロク教徒ってのはばかっ正直なんだろ。さあ、お帰りよ。ここんちは病人と小さい子供とかよわい奥さんとなんだからさ。もうこんな時間になったら寝たいんだよ。あんたらみたいなごろつきの傭兵どもみたいに、夜通し飲んで騒いでたりしやしないんだから」

「なんだよ、じゃけんだな」

　スイランは文句をいった。

「いいじゃねえか。せっかくひさかたぶりにずっと探してた兄弟分にめぐりあって……」

「ああもう、しつこいね。その話は聞き飽きたっていってるだろう。それに本当かどうかなんて、わかったもんじゃないんだ。お前が偵察で、あとになったらどっと仲間が引き入れられるんじゃないのか。だとしたらね、いいかい、目にものみせてやるよ。仲間どもにそうお言い。このご病人だってね、そりゃいまはからだもけっこう不自由だが、それでももとはたいへんな戦士だったという話だからね。いまだって、それなりに、いざとなりゃあちゃんと戦力になるんだよ。こっちはそんなにかよわい、いいようにえじきにされてばかりいるようなものたちだけじゃあないんだよ。それは、いっとくからね」

「ほんとに、疑りぶけえあまだ」

閉口したようにスイランは云った。だが、しおしおと水筒のふたに残った酒を一気に飲むと立ち上がった。

「わかったよ、わかったよ。じゃあけえるよ、けえるよ。だけどなあ、ほんとに俺は変なつもりじゃあなく、ひさしぶりに兄貴に会って……」

「嬉しかったんだろ。それももうわかったってのに、ほんとにお前はしつこいねえ。ダネインのミズヘビがお前の親なんじゃないのかい。さあ、おゆきったら。可哀想に、坊やがねむたくて目がくっつきそうになってるじゃないか。御病人だってもういい加減寝かせてやらなきゃならないんだよ。ミロクのお祈りだって唱えなくちゃならない。さあ、帰った帰った」

「ち」

スイランはグインのほうに向き直った。

「どうせ、こんなこといっても、聞こえねえかもしれねえけどさあ、兄貴」

手をのばして、だがさすがにさわる勇気はないらしく云う。

「おらあ、ずっと探してた兄貴に会ったら、云いたかったのはとにかくアルカンドのわびごとと——それから、兄貴がそういう状態なら、俺が弟分として面倒をみてやりてえな、ってことだったんだよ。ほんとに兄貴にゃ、俺が傭兵として右も左もわからねえうちから、ほんとによく面倒をみてもらったからなあ。その恩を返さないうちは、おらあ一人前とはとても云えねえような気がするんだよ。——だから、明日の朝、このおばちゃんに怒られねえようにこんどはシラフで会いにくるよ。それまでに、どうか、よくやすんで弟分のスイランのことを思い出しててくれよ。な、頼むよ。——奥さん、すまねえことしたな、びっくりさせて。よく、このひとの面倒みてやってくれよ。ミロクさまのおめぐみがありますように」

「ミロクさまのみ恵みがありますように」

驚きながらフロリーは反射的に両手をあわせて答えた。スイランはふらふらしながら出ていった。

「まあっ、なんてやつ」

リギアはおばちゃんと云われたので相当にむっときていた。荒々しくドアにカギをかけ、しんばり棒までかけて戻ってきながら、吐き捨てるようにいう。

「とんでもないやつに見込まれましたわね。きっと夜中に襲ってきますよ。どうしたらいいんでしょう」

3

「まあっ……」

それをきいて、フロリーはあおざめた。

「よ、夜中に……？　でも、このあたりは、クムの……一応、ちゃんと秩序も……衛兵もまわっている……」

「そんなもの、このていどに街道筋から奥まってしまえばないのも同じことよ」

むっつりとリギアはいう。

「ああいうやつらは馴れてるからね。声なんか出せないように、さっと最初にあんたの口を縛ってしまうわよ。さるぐつわをかけられてしまったら、あとはもうやつらのやりたい放題よ。そんなの、母屋に宿屋の一家がいようがいまいが、何ひとつ関係ないわよ。その意味じゃあ、母屋に泊めてもらったほうがよかったわね。まあ、どっちにしても、あたしは、本当の意味じゃあ何ひとつ心配はしてないけれどもね。だって、ここにいるのは世界で一番強い戦士のグンド様なんだからね、本当のところは、そんな病気の廃人なんかじゃあなく。――それにこういっちゃ何だけれど、あのていどの奴等にやられる傭兵のリナでもないわ。だから、そういう意味で心配してるのじゃない。だけど、そうやってもめることになりゃあ……山のなかならそれで連中をみんな切り倒してしまえばいいだけだけど、こういうところじゃ、半端に人目があるから、そうも出来ないからねえ」

「もう、喋っても平気そうか」

低く、聞こえぬほどの声でグインが云った。リギアはいったんかったしんばり棒を音もなくはずし、そっと扉をいきなりあけて外のようすをみた。

「ああ、大丈夫です。もう、あの酔っぱらいめは赤いめんどり旅館へ帰っていったようですよ。裏手にまわってるかもしれません、ちょっと待っててくださいね」

素早くリギアは剣を手にしたまま、外に出ていった。そのまま、ぐるりと宿屋のまわりをまわってきたらしい。

「はい、もうまるきり、どこにもおりませんでしたよ。大丈夫です」

帰ってきて、またすばやくしんばり棒をかい、扉にかぎをおろす。

「あ。――しめてしまったら、マリウスさまがお戻りに……」

「あの人はたぶん今夜は戻らないわよ。それに、戻ったとしても、かなり遅いだろうし、あたしは扉のわきに寝て、そのときにはいつでも起きてあけてあげるから大丈夫」

リギアはいくぶん意地悪そうに、

「心配しなくて平気よ。私たちのなかじゃ、あの吟遊詩人めが一番適応力はゆたかなんだから。――それまで、いつごろになるかわからないのに、ここをずっとあけておくわけにゆかないんだからね。――あら、まだあなたがた御飯をすませてなかったのね」

「ええ、あの……かたが、ちょうど……宿のおばあさんがお食事をもってきて下さっていろいろ……お話をはじめたときにこられましたので……」

「あらあら。ほんとに気の利かない酔っぱらい野郎だ。すっかり冷えてかたくなってしまったじゃないの。でも、ここの宿のばあさんもとってもお喋りでしょう。あたしも最初手こずったわ。なかなか話をやめてくれないし、あれやこれやと聞きほじってなかなか離してくれないのだもの。まるでシビックの夜鳴き鳥のように好奇心が強いのよ。――だから、いままたもう一度あったためてくれなんて持っていったりしたら、またつかまってしまうわね。――冷たいままでしょうがない。お食事をすませてください。フロリーも、グンドさんも」

「ああ」

グインは云って、机に寄り、相当に空腹だったので、さめきった食事をそのまま無造作にむさぼり食いはじめた。フロリーも内心はひどく空腹だったに違いなく、その食事のなかから、肉などのなさそうなところを選んで食べはじめた。スーティだけは、もう食事を先にすませていたので元気いっぱいだった。

「おじちゃん、ごはん」

目をまるくして、スーティはフロリーの手からもがき出ると、グインが食べているところをじっと見つめていた。

「おじちゃん、ごはん、たくさん。たくさんたくさん」

「そうよ、そのひとはね、おからだがこんなに大きいから、たくさん食べて、たくさんおからだを動かす燃料が必要なのよ」

リギアはからかうように云った。

「足りますか。足りなければ、またもらってきましょうか。いや、それより偵察がてら赤いめんどりにいって何か買ってきますか」

「いや、いい。このくらいあれば充分だ。そうだな……」

グインは素早く食べ終わって口もとの髭をぬぐいながら云った。

「あの男、スイランだが、俺には——少なくとも、非常に腹黒い悪人で、怪しからぬたくらみの尖兵としてこの離れの小屋を襲うために送り込まれてきた、というようには思えなかった。確かに人相はよくはないが、目はそれほどどんより濁ってもいなかったし、一応あれの口にすることも、納得出来ぬというわけでもない。だがまた、むろん、それにしては強引すぎる接近のしかたであったことも事実だ。もしかしたら、べつだんリギアのいうように仲間を引き入れてこの離れを襲い、ミロクの巡礼の金品を奪うのが目的とまではゆかずとも、たとえばこちらの正体をあやぶんで探りをいれにきたとか、あるいは——そうだな……」

「あたしがちょっと思ったのはですね」

リギアはきびきびと云った。

「あいつが、流しの賞金稼ぎである、という可能性ですね。そのほうが、あいつがそんな実は善人で、大昔に別れた義兄弟をずっと捜してどうのなんて与太話よりも、ずっと現実性がありますよ。——このへんは、ルーアンを脱出するにせよ、ルーアンにもぐりこもうとするにせよ、正規のルートではなかなかクムを通過できないような連中が必ず通るところですからね。——ここらあたりで張っていて、これはと思うやつをとらまえれば、けっこうな稼ぎになるんです。——そう、ノーマドっていうたいへんからだの大きな傭兵の話は、私も、実はきいたことがあるんです。そんなに詳しくじゃあない、酒場で何かの与太話のついでに出ていたなっていう程度ですけれどもねえ。でも、だから、本当はあのスイランとかって男は、ノーマドを探しているというのはまったくの本当で——ただ、探している動機がもしかするとまるきり嘘だという可能性もあると思いますよ。いや、そのほうが大きいんじゃないかな。本当はノーマドってのはどこかの国から賞金がかかっていて、病気なのも本当かもしれない、それで、病気で弱っているときくらいでないとおさえられないくらい強い戦士なのかもしれない。だもので、本当にその男かどうか、あの男が確かめにきた——あの傭兵団はあいつが属している賞金稼ぎの一味。そういう可能性は充分すぎるほどあると思いますねえ」

「なるほどな」

グインは感心したようにうなづいた。ずっと、何をきいてもまったく聞こえもせぬふりをして、じっとうずくまっていなくてはならぬのは、グインにとっても相当にしんどい、忍耐力を必要とするようなことだったのだ。

「まあ、だとすると……今夜夜討ちをかけてこなかったとするともうひとつの可能性は、明日にでも、山道をゆくところをおっとり囲んでとりこめる、っていうことでしょうね。でも、そっちはね。——どうせ私らは船でゆくんだし、山道ったって、このあたりは、ここまでの——小オロイ湖の北側のようにはひとけが少ない山道じゃありませんから、騒ぎがあればききつけてすぐに衛兵がやってくる。それはそれで厄介なことになるかもしれませんけれども——まあ、厄介なことになりそうだといったら、それはもうなんだってそうかもしれませんからねえ。どんな可能性だってありうるわけだから」

「それはそうだ。まあ今夜襲ってきたにしても、それは俺は——傭兵数人くらいではべつだんどうとも思わぬが……」

「あたしはただ、ちょっとマリウスさまが心配ですよ」

リギアは声をひそめた。といっても、フロリーには当然聞こえてしまっていたが。

「あの人はこういうことだとは何も知らないでしょう。いっそ明日の朝まで帰ってこないんだったら助かるけれども、もし万一にいろいろなことがあったとして、その最中にのほほんと何も知らずに『ただいまあ』なんて戻ってくることがあったら、まわりを張られていたらいっぺんでとっ捕まって人質にされてしまいますからね。そうしたら、あたしと陛下二人しか戦い手がいないこの団としては、けっこうしんどくなりますよ。でもまあ、そんなことは、なってから考えることですわね」

「まったくその通りだ」

グインは賛成した。

「それはもう、そうなったときに対応することにして、ともかく今夜はちょっと体力を取り戻すのに専念しよう。ずっと長いこととまともには寝ておらぬ。今夜くらいはちゃんとからだを休めておいて、明日からのさまざまなあらたな難儀に対応出来るようにせねば、なかなか、寝不足の頭とからだがどこまでもつか請け合えぬからな」

「まったくそのとおりです。ほかにやることがあるじゃないし、あれこれ考えていたところで、じっさいに何がどう起きるのか――百にひとつ、あの傭兵の飲んだくれが本当にいいやつで、あの妙てけれんな作り話が作り話じゃあなくてほんものだ、っていう可能性もないわけじゃないんだから、考えるのはやめて寝ちまいましょう。それにとにかくスー坊を寝かせてやらなくてはいけませんしねえ。フロリーさんだって、へとへとだろうし。――足はどうなの、フロリー」

「ええ、御心配かけて……もう、ずいぶんいいと思うんですけれど……すっかり、長いこと休ませていただきましたから……」

「血まめが出来ていましたからね」

リギアは云った。

「このひとは辛抱づよいことは本当に感心するほど辛抱づよいんだけど、でも生身の人間ですからね。あまり辛抱しすぎてくれないほうがあたしはいいんだけど。このままこのいまのあわない靴で続けて歩いていたら、きっと明日のうちにはこのひとはもう一歩も動けなくなっちまいますよ。なんとかして、この宿屋のばあさんは親切そうだから、古い靴をわけてもらおうと思うんだけど、またフロリーはたいそう足が小さいので、あうものがあるかどうか。――あたしの靴なんかはいたら、それこそおとなのをはいた子供みたいになっちゃうだろうし。でもなんとかして、明日は新しい靴を手にいれて――それに、とにかく鑑札か手形。それに――あとはまあ、明日のことですねえ。ここは、最初はいいと思いましたけど、あの赤いめんどりから近すぎますよ。あそこはまた、ほんとにいろんなやつがくるから――明日も続けてこのタルドにいなくてはならないんだったら、この宿はもういったん引き払って、もっと奥に入り込んでどこか親切な農家の納屋でも見つけるほうがいいのかもしれない。こんなに、いろいろせんさくされたらたまったもんじゃないですよ。そうでなくても、ほんとに――陛下は、その体形だけでも、マントの上からだけでもよく目立つし。……ほんとにねえ、難儀なことです」

リギアは溜息をついた。

それから、立ち上がって、あれこれとこまめに動きだし、グインとフロリーのすませた食事の盆を土間に運び、四人が眠るための場所をととのえにかかった。フロリーが動こうとすると「あなたは足が血とまめだらけなんだから、座ってなさい」と一喝して、まめまめしく、一番奥の堅い寝台にフロリーとスーティの寝る場所をしつらえた。

「ここの部屋は寝台は二つあるけど、かたっぽは寝台といっていいようなしろものじゃありませんね」

肩をすくめてリギアは検分してから云った。

「まだしもいいほうのに、スーティとお母さんを寝かせてあげるから、申し訳ありませんが、陛下、こっちの壊れてるほうの寝台を私が拝借していいですか。そもそもこれは、もともと細め小さめですから、陛下が上に横になったらはみだしてしまう上に、陛下の重みでつぶれそうですわ。私だって女として決してそんな小柄なほうじゃありませんから、この寝台にちゃんと寝るのは怖くてごめんです。この寝台の敷き布団と掛け布団だけ借りて、それを入口のところにおいて見張り番をかねて剣を抱いて寝るつもりです。

陛下は、そうなると、床に寝ていただくしかないですけど、敷きわらがかなりありますから、それをひろげて——上にかけるものはさいわい、こっちに積んである毛布がありますから……いつ洗ったか知れないようなしろものですけどね。これと陛下の御自身のマントを使っていただいて、それで奥の暖炉の前で寝ていただければ寒いことはないでしょう」

「俺は少しも寒くないし、べつだんどこでもかまわぬ。ほんの少しの場所さえあれば寝られる。案ずるな」

「この離れで、一ターラン以上金をとろうってのは、そりゃ詐欺ってもんだと思いますね」

リギアはぶつぶついった。

「最初はもうちょっとマシにみえていたけど、あたしがここについたのはちょうど暮れ方だったからな。うすらあかりのなかではまだしも使えそうにみえたから借りたんだけど、こうなってみると、本当にここを貸して金をとろうってことそのものが詐欺に思えますよ。——けっこう因業だなあ、あのばばあは。ま、あたしはねえ、長年の旅から旅で、もっとすごいところにでも、もっととんでもないところにでも、それこそ屋根もないようなところだの、牛と鼻をつきあわせて寝るようなところだのにも寝てきたですからねえ。たいていのことには驚きやしませんが——ただ、がっくりきたのは、入浴できそうもないことですね。ばあさんてば、うちは老人ばかりなので、水をくみ上げられないとほざくんですよ。それじゃいったいどんな宿屋なんだと怒鳴りたくもなっちゃいましたけど――じいさんはいい人なんだけどなあ。あのばあさんは相当に因業ですね。因業の上にせんさく好きときているんだからまったく」

「まあ、ひと夜だけのことだ。というか、そう願いたいものだ」

「まったくですよ。でもとにかく明日もタルド泊まりならもっとどこか違うところをあたしが必死で探しますけどね。それにしてもあとでこの食器を下げがてら、毛布をもうちょっとと、それに夜通したく焚き物、それに飲み物を少しくらいはよこせといってこよう。入浴はなんでしたら、明日の朝明るくなってからならあまり無法も無理でしょうから、そうしたらあたしが水を井戸からくんでやってでもいいから、ひと風呂あびたいな。こういうと何ですけど――いや、ずっともうね、長いあいだ風呂どころじゃない生活を送ってきたのが、あの、コングラス城でちょっと綺麗にさせてもらったでしょう、あれのせいで、そうか、人間というのは風呂などというものにも入るんだなんてことを、思い出してしまいましてねえ。どうせ、辛い生活を送っているんだったら、もうそうでなくなってもよくなるまでは、そのままでいたほうが人間、幸せかもしれませんね。――では、ちょっといってきます。婆さんのせんさくにつかまらないようにうんと気を付けますよ。婆さんにちょっとひとことなんか洩らしたら、タルドじゅうにひろまっていたりしたら困りますからね」

リギアは陽気に笑うと、からの食器をのせた盆をもって、母屋のほうへ出ていった。

スーティはもう目がくっつきそうになっていたので、フロリーは先にスーティを粗末な寝台に寝かせてやり、そして、そのかたわらに腰をかけてゆっくりと低い声で子守唄を歌いはじめた。夜になってかなり冷え込んできていたが、離れとは名ばかりの、寒さをしのぐすべもないようなぼろぼろの小屋ではあったが、さいわいなことに暖炉の火はあたたかく燃えていた。それに、季節のほうも、土地柄も、寒いというような感じではなくなってもいたのだ。むしろ、かれらは、つねに気候の温暖な、中原のもっともゆたかな地方へと、しだいに出てゆこうとしつつあったのだから。

（このあと、俺は……どうなってゆくのだろうな）

グインは、フロリーが低いかすかな声で歌っているきれぎれの子守歌をきき、スーティのつややかな黒い髪の毛が暖炉の炎にてりはえているのを夢のなかのように見つめながら思っていた。

（これまでは、俺を守ってくれていた、この腕っ節やこの体形――いまとなっては、むしろそれが、俺を他の人間からきわだたせ、どこにいってもひどく目立つものにしてしまっているらしい。――だが、記憶をまだ取り戻しておらぬ以上、大手をふって本名を名乗るわけにもゆかぬし、もしそう名乗ったとしたらそれはそれでいろいろさまざまな難儀に巻き込まれることだろう。——なんだか、俺にはさまざまなことがだんだんわからなくなってきてしまった。迷いも出てきたし、また、途方にくれてもいる——ここは、これまでのように、直感と腕っぷしだけでしのげる場所ではないし、これから先もっとそうなってゆくのだ、と考えるためだろう。——俺は、どうすればいいのだろう。俺は、どうするのが、もっとも正しいのだろう)

ここをなんとか切り抜けたとしても、このさき、こんどはもっとにぎやかなルーアンや、パロの国内を抜けてゆく旅が待っている。

(全面的にリギアとマリウスに頼って、フロリーより、スーティより無力な存在としてそれこそ、ミロク教徒の病気の巡礼としてよろよろと連れてゆかれるだけ、声をかけられても答えることもあたわず、顔をのぞかれることにさえ怯えて……こんなことがずっと続くわけもないし、ずっと続けば続いたで俺は発狂しそうなくらい、疲れ、神経が緊張しきってしまうだろう。いまのままでは、確かに——遠いパロへはもちそうもない。俺は……)

(どうすればいいだろう。何か、絶対に切り抜ける方策がある——名案があるはずだ。俺は……どうすればいいのだろう……)

このまま、なすすべもなく、マリウスとリギアの才覚にまかせて、じっとうずくまって病人のふりをしている、などということは、おのれの気性にも、立場にもまったくあっておらぬ。

そのことが、おのれをひどく不安定に、落ち着かなくさせているのだ、ということに、グインはようやく気付いていた。これまでつねに、あの砂漠で目をさまして以来、周囲の状況が見えなくとも、わからずとも、それなりに、グインは自分自身の力によって切り抜け、ぶつかり、戦ってきたのだった。それこそがグインの馴れているただひとつの方法であり、また、それが、グインの本来の気性から発していることでもあった。

いまは、このふうていのまま、様子もわからぬクムの国境の町をうろうろと歩き回るというわけにもゆかないでいる。だが、このままゆけば、どれほどリギアやマリウスが心を砕いて隠そうとしてくれても、おのれの存在は、ひとの注目を逆にあつめ、話題をよび、しだいに注意をひいてしまうのだろう、ということももうグインにはわかっていた。

（いまのような——せっかく考えてくれたコングラス城主には申し訳はないが、ミロク教徒の巡礼に変装する、などという姑息なことでは駄目だ。——かえって、それでは、人目をひいてくれと頼んでいるようなものだ。俺のような体形のものはもとより巡礼にはおらぬ……そして、また、巡礼というのは誰でもが、変装しようと思うとき最初に思いつくようなものだ。顔もかくせる、素性も名乗らずにすむ。また、マリウスの話では、吟遊詩人と巡礼と傭兵だけは、鑑札があって、いちいち手形を入手したり印鑑をおしてもらわずとも、国境を越えられるのだという。――そうであってみればなおのこと、うしろぐらいところのある者たちはこぞって巡礼として旅をしようとするだろうし、そうであれば、それを取り締まるほうは巡礼に対していっそう注意を厳しくしてしまうだろう。……このあと、パロに入ったら魔道師に化けたらよいと城主は忠告してくれた。だがこれは、巡礼以上にとんでもないことだ。俺のような体形の魔道師などまずはいたためしもないだろうし――第一ミロクの巡礼ならまだしもフロリーがなんとか対応して、それらしい返答をかえせても、魔道師では……どうにもならぬ。しかもパロは魔道師の本場だという。――いや、駄目だ。こんな姑息なことをしていてもどうにもならぬ……といって……)

といって、どうすればよいのか。

「私です。――リナです」

ほとほとと扉をたたいて、リギアがすべりこんできた。いろいろなものをかかえている。それを床にじかにおくと、いそいでしんばり棒をかい、カギをかける。もう、スーティは、寝床で、母の子守唄をききながらぐっすりと寝込んでいた。フロリーの目も閉じて、座ってはいるけれどもうつらうつらと船をこいでいる。

「余分の焚き物と――これだけあれば朝までもつわ。それに、もうちょっと敷き布団と毛布をくれと交渉して、これだけもらってきました。これは全部陛下がお使い下さい。

私はこっちので充分です」

リギアは、かれらを起こさぬように小声でささやいて、そっと布団をひきずってゆき、戸口の前におのれの寝床をしつらえにかかった。

「風呂は明日の朝、私が水をくんでくれるならたててやろうということになりましたわ。ま、明日どうなっているか知れたものじゃありませんけれどね。——それに、明日の朝食は、用意が出来たらこちらからとりにゆく、ということで頼んでおきました。あの婆さんにまたここに入り込まれてなんだかんだと聞きほじったりせんさくされたら、たまったものじゃありませんからねえ。ほんとにせんさく好きなんですよ、あの婆さんてば。いまもちょっと引き留めてなんだかんだ聞こうとするから、みなが待っているといってほっちゃってきましたけれど、あれもひとつの難儀みたいなものですねえ。——さ、こっちに水を少し余分に貰ってきたから……茶の葉ももらってきたから、お湯をわかせばお茶も飲めますよ。こういうことはあたしよりフロリーさんのほうが得意なんだけどな。でも可哀想にすっかり疲れてしまったんでしょうね。もういいから横になって寝ればいいのに。フロリーさん。フロリーさん」

「あ——あっ、は、はい。すみません」

「何もすまないことはないわよ。さ、もうみんな用はすんだから、お休みなさいな。明日また旅をする体力をつけておいてもらわないと、困るからね」

「ああ——はい……じゃあ、お休みなさいませ……」

よほど、フロリーも疲れはてていたらしい。

そのまま、もう何も云わずに、スーティのとなりに横になるなり、もう、一瞬後にはやすらかな寝息をたてていた。服も脱がないままだ。

「さて、あたしも失礼してひと眠りさせていただきます。どうやらマリウスさまは、今夜はお戻りになりそうもありませんねえ。——首尾よく手形を手にいれて下さるといいんだけど」

「ああ。そうしてくれれば助かるな」

「というより、それがなけりゃ、ここから先へは進めませんよ。あたしたちは、ボッカの駒みたいなもんですわね。ゆきどまりで、立ち往生になっているんです。——ボッカってご存知ないんでしたっけ」

「ああ」

「まあ、下らんゲームですけれどね。パロの貴族たちは夢中でしたわ。まあいい——お休みなさい。陛下もともかくなるべくたくさんおやすみになって下さいね」

「ああ」

「じゃ、あかりを消しますよ。お休みなさい」

4

「もう、朝になりましたの？」

グインに低く声をかけられて、リギアは眠い目をこすった。

「いやだ、私、いつのまにかすっかりよく寝てしまったわ。あら、もうこんなに明るい」

「どうやら、夜中は何もなかったようだな。リギア」

グインはもう、一応の身仕舞いはととのえていた。といっても、もともとが、そのままの格好で剣を抱いて寝ていたので、布団がわりにかけていたマントをつけなおしただけのことである。フロリーとスーティはまだよく眠っているようだ。

「まあ、なにごともなくてよろしゅうございました。……あの酔っぱらいめ、夜討ちの手引きってわけじゃなかったんでしょうかね。まだわかりませんけどね」

「俺はときたま目をさまして様子をみていたが、何もかわったことはなかった。まあ、お前がかなりおどかしたので、それがきいたかもしれん、ということも考えられるが――

―」

グインは笑った。

「マリウスさまはとうとう夜明かしなさったんですね。というか、およそにお泊まりだったんですね。まったくしょうもない」

「いや、マリウスは手形を手に入れてくれようとしているのだろう。だがこうなると、あとはただマリウスの戻ってくるのを待つしかない、ということだな。今日は俺も、マリウスが戻ってくるまではあまり人前や町中には出ないほうがいいだろう」

「そうですねえ。フロリーを起こしましょうか」

「いや、べつだんそう早く起きたところで何かすることがあるわけでもない。なるべく、体力をつけさせてやりたい。そのまま寝かせておいてやろう」

「じゃ、私はおもての井戸で顔をあらって、それからちょっと食べ物をもらってきますね。朝飯が用意されてるでしょう、こういうはたごは朝はうんと早立ちのひともいることだから」

リギアは元気よく起きあがると布団を室の奥にもどし、片手で髪の毛をつかんでぜんぶうしろにすきあげててっぺんでまとめ、それからしんばり棒を外して外へ出ていった。まばゆい朝日が扉からさしこんでくる。

「うー―うーん」

フロリーがちいさな声をあげた。とたんに、スーティが、「母様ー」とねぼけた声をあげ、そのはずみに目をさました。

「あー」

スーティがくしゃっと顔じゅうをゆがめて笑う。

「ぐいんのおいちゃんだー」

「おお、目がさめたか、スーティ。お早う」

「おはようごじゃいまちゅ」

妙にちゃんとスーティが云った。

「いいおてんきでしゅ」

「ああ、いいお天気だよ、スーティ。今日はなんとしてでもこの宿場を出たいものだな。一日も早く、スーティも安全にかけまわって遊べるような場所へ連れていってやりたいものだ」

「すーたん……かけ……なに？」

「何でもない」

グインは笑ってスーティを粗末な寝台からかかえあげた。

「よくおねんねできたか？　よしよし、いい子だぞ、スーティ。今日はおじさんとまたお船に乗ろうな」

「うん、しゅーたんおじちゃんとおふねにのる」

「スーティはお船が好きか？」

「うん、しゅーたんおふねだいしゅき」

「お前はずいぶん利発だな」

グインは感心して云った。

「俺は子供など持ったためしがないからわからぬが、もういまどきの子供というのは二歳半でもこんなにものがわかるものなのかな。それとも、お前は特別な子なのか？　からだも普通よりは大きいようだとフロリーもいっていたし――なあ、スーティ。お前はよい子だ」

「すーたんいい子？」

スーティは満面の笑顔になった。思わずグインはそのスーティの頬に頬をすりつけた。

「おひげがちくちくするか、スーティ？」

「うん、おじちゃんのおひげ、ちくちく」

スーティは面白そうにグインの頭に手をのばし、撫でている。

「おいちゃんのおつむ――ちれい。ひょうさんのおつむ、とってもちれい。――すーたんも、おとなになったら、おいちゃんみたいなひょうさんのおつむ、なれるか？」

「おいおい、スーティ。これは、そんなふうにならんほうがいいのだよ」

「なんでー。すーたんも、おいちゃんみたくなりたい」

「これはとても大変なことなのだ、スーティ」

苦笑してグインは云った。

「そのおかげで、いま皆のものが困っているのだからな。——だが、お前にそういってもらえると、なかなかにこの豹頭もまんざらでもない、という心持がしてくるから、不思議なことだ。——お前は本当によい子だな、スーティ。おじさんが元気でいるかぎり、お前がちゃんと幸せな元気な男の子になれるように、おじさんが必ずお前を守ってやるからな」

「しゅーたん、ぐいんおいちゃんだいしゅき」

スーティはわけもわからず喜んでグインの頭にしきりと頭をこすりつけてきた。グインはその小さなからだを抱きしめた。元気いっぱいの幼児のからだは、ほかほかと熱を放っていて、弾力がある。それを抱きしめていると、あたたかな鼓動が伝わってくる。グインは、なんとなく胸をうたれて、スーティをしっかりと抱きしめた。

「お前だけは幸せにしてやりたいものだ」

重々しく、グインはつぶやいた。

「お前だけは、いたずらに数奇な運命にもあわせず——すこやかに、そして幸せに生い立たせてやりたいものだ。こんなにも変転さだかならぬ世の中であってみれば、なおのこと、だな」

「…………？」

さすがにそのことばは何の意味をもなさなかったらしく、スーティは不思議そうに目をぱちくりさせただけだったが、そのとき、フロリーが目をさまして、びっくりしたようにあたりを見回した。

「ま……わたくし、すっかりよく寝てしまって……」

「ゆっくりしていろ、フロリー。どうせ、マリウスが戻ってくるまで、我々はここに雪隠詰めでやることもべつだんない」

グインは云って、スーティのからだを下にそっとおろした。

「いま、リギアが朝飯をもらいにいっている。それがきたら、食って、あとはもう特にやることがあるわけでもない。マリウスを待っているだけだ」

「マリウスさまは……とうとう、お戻りにならなかったんですのね？　ひと晩中？」

心配そうにフロリーはいう。

「大丈夫でしょうか……」

「それは大丈夫だろう。というか、よほどのことがなければ、いまこの一座のなかで、もっとも大丈夫なのがマリウスだ、ということは間違いがないところだと俺は思うぞ。もっともいろいろと物騒なのがまず俺、次にお前たち母子だろう。マリウスとリギアはどちらにせよ長いあいだああいうふうにして旅を続けてきている。ありとあらゆる展開にはなれっこだろう。よほど困ればそれはまたそれで俺の武芸なりが役にたつこともあろうが、たいていの場合はリギアの武芸とマリウスの話術や知恵や愛嬌でどうにでもなるのだろうな。その点は、本来なら、なかなか悪くない組み合わせなのだろうが、そこに俺がいるとなってはな——まあ、スーティはまだしも……とんだ一座だ」

「まあ、一座だなんて……」

フロリーは口をすぼめて笑い出した。そのとき、かるくノックする音がした。

「あけて下さいな。すみませんが、手がふさがってるんですよ」

「あ、はいはい」

出てゆこうとするフロリーをおしとどめて、グインはそっと扉に近づいていった。

「あら、駄目ですよ。グンドさんがあけては。——もしかしたら、またあの宿の婆さんがきてるかもしれないじゃありませんか。すみませんが、鬱陶しいでしょうけれど、このなかにいるときでも、誰かが外にいるときや、戻ってきたときにはフードは絶対とらないで下さいな。でないとどこでどういうことになってるか、知れたものじゃありませんしねえ」

「それもそうだ」

グインはリギアが運んできた盆を受け取ってがたがたするテーブルの上においた。それはあまりゆたかでもない朝食の膳だったが、どちらにせよ夜食もそうそう量が豊富というわけでもなかったので、ちゃんとまた一晩たってみなが腹を減らしていた。

「どうもこのはたごは、あたしたちの食欲を見くびってますよね」

朝食のかゆをとりわけながら、リギアが不平の声を上げた。

「きのうのお夕食はあんなんで足りたんですか？　あたしは赤いめんどりでたっぷり、鶏の足だの、もつの煮込みだの食べてきたから全然問題なかったですけど、もしあそこにあたしがいたとしたら、あれだけの夕食だったら、ひぼしにするつもりかとわめきたてるところですよ。おまけにけさもこれだ。いくら安いと云ったところでそれなりの値段は払ってるんだから、ちょっとあとで、婆さんに、これは少ないんじゃないのかと文句をいってやろうかな。それとも、ちっちゃなフロリーさんと、スー坊と——それに陛下も病人だとあんまりふれこみすぎたからいけなかったかな。これじゃおかゆに、スープに、スープにひたすパンに、完全に病人用の食事ですよ、これは。まあフロリー親子にはいいかもしれませんが、あたしや陛下が剣をふりまわす燃料にするにはちょっとねえ」

「まあ、よかろう。このところずっとほとんどろくろく食い物にありつけぬような状態だったことも多いのだ。こうして、ちゃんと料理したものが出てくるだけでも、とても有難いことだと云わなくてはなるまいさ」

「いいですよ。あとであたしもちょっと偵察にゆきますから、そのときになんか買ってこよう。それに少なくとも昼までここで食べるかどうかわかりませんしね。きのういったとおり、もしもうひと晩この町にいなくちゃならないようなら、もうちょっとはましなはたごを探すべきだと思うんですよ。どうもあの布団にはいやなムシがいたような気がして……あっちこっち、かゆかありませんか？　あたしだけですか？　それともフロリーさんは血の気が見るから少なそうだから、ムシにも食われないかしらん」

「ま……」

驚いたようにフロリーは目を瞠る。

「それはまあ、それとして……ムシはともかく、でも安全の上からも、二日同じところに泊まらないほうがいいと思います。婆さんはあいかわらず、病人の具合はどうだの、あたしが見てやろうだのとせんさくをしつづけてましたしね。昼間、とにかくまた別のとこを探してみますよ。でもそれにしても、とにかくもマリウスさまが戻ってこられないと、相談も出来ませんね。——マリウスさまが話をきめて、すぐに出て行ける状態にしてくださったんだったら、なにもこんなしけた町に二日も続けて泊まっていたりしなくてもいいんだから」

「そうだな」

「どうなんですかね。もうそろそろ、なんか音沙汰があるんじゃないかと思うんだけれども、どうなんでしょうねえ。こんな狭い町なんだから、ちょっと様子を見にいってきてもいいんだけれども、あんまり出たり入ったりしてもねえ……」

「まあ、いずれ戻ってくるだろう。どちらにせよ昼まではのんびりここにいるほかはあるまいさ」

「まあ、そうなんですけどねえ……ああ、なんだか気が揉める。あたしは、せっかちなんですかねえ」

とぼしい朝食は、あっという間にすんでしまった。リギアは、かなり不平そうではあったが、ともかくも盆の上に食器をまとめ、

「それじゃあたしは、井戸の水を汲んでやって、風呂をわかしてもらうようにしますよ、きのうの約束のとおり」

陽気にいった。

「スー坊だって、お風呂に入ってきれいきれいにしたいだろうし、フロリーさんだってね。それにフロリーの靴のことも話してみたんだけど、こっちにきてくれれば、客が忘れていったののなかからあうのがあったらあげる、といってくれてます。そういう点では、あの婆さん、とても親切なんだけれどな。でも、とにかくあたしは風呂が有難いです。とてもそうは見えないでしょうけれど、一応これでも本当をいうと清潔好きなんですよ。本当のところはね」

「それはまあ……」

「マリンカもちゃんと世話してもらってるみたいで安心しました。はたごだのに泊まるとねえ、あの子があたしとはなれてるととても寂しがるので、よくようすを見に行ってやるんですけどね。さっきものぞいてきたらまあ、いい子に朝ごはんをもらってかいばを食べてましたが——水を汲み終わったら、風呂がわくまでのあいだに、マリンカもちょっとぬぐって汗をおとしてやりたいな。きのうはすっかり——このところあの船だので、怖い思いをさせて、すっかりびびらせちゃいましたからね。うまやはすぐそこだから、誰かくればすぐわかるし、あたしがちょっと午前中外にいても、お三人、平気ですよね？」

「ああ、むろん、べつだん誰も——来るものはマリウスくらいだろうから、大丈夫だろう。だがむろん、用心に越したことはないから、フードはつけたままにしておくがな」

「それがよろしゅうございますよ。じゃあ、あたしはこの朝食をあっちに片付けて、それから井戸の水を汲んでやりにゆくことにします。ちょっとしばらく戻ってこないかもしれませんが、マリウスさまが戻ってこられたら、すみませんが、フロリー、あたしを呼びにおもやまできてもらえないかしら。マリウスさまが戻ってきてから、きょう一日の行動の予定をたてないといけないですものね」

「はい、わかりました。お戻りになったら、すぐにお迎えにまいります」

「じゃ、ちょっとあとは頼んだわよ、フロリー」

　この編成では、まだしもフロリーが一応一番ひとと口をきくのにふさわしい、と考えたのだろう。リギアはフロリーにそういうと、そのまま、朝食の盆をもって出ていった。

「ちゃんと、かぎをかって下さいよ」

「ああ。わかった」

　グインはドアにかぎをかけたが、しんばり棒はかわなかった。

「なんだかにぎやかなことだ」

　リギアが出てゆくと、とたんに室内はしんとした。思わず、グインは正直な感想をもらした。

「おかしなことだな。べつだん、マリウスのように火がついたようにしゃべりたてる、というわけでもないのだが、リギアがいるとなんとなくにぎやかなのはどういうわけだろう」

「それは、リギアさまもお声が大きくてはきはきしていらっしゃるからだと思いますわ」

　フロリーは笑い出した。

「あたしみたいなものからすると、ああいうてきぱきして、はきはきしていらっしゃる女性というのは、とてもうらやましゅうございますが……」

「まあ、そうかもしれんが、どうも俺はだんだん目がくらくらしてくるような気がしてならん」

「まあ……」

「スーティも外に出て遊びたかろうな。だがまあ——もうちょっと日が高くなってきたら、せめて中庭くらいで遊ばせてやったらどうだ。マリンカを洗うといっていたから、そのときに一緒にそのへんで遊ぶくらいならいいだろう。あまりにスーティがいい子にしているので、気の毒になってしまう。なかなか、こんな小さな子で、こんなにはおとなしく大人のいうことばかり聞いてはいられぬものだろうにな」

「さようでございますね」

フロリーは目もとで笑った。

「この旅に出てからはうそのようにおとなしゅうございます。決してもともとそうおとなしい、という子どもではないんでございますけれども……」

「だが肝心のときには決して大人の邪魔をしたりせぬ。ものわかりのいい、頭のいい子だ。それに勇敢だ。さすがに、あの父の子だな」

「まあ……」

フロリーは嬉しさに頬をそめた。

だが、すぐに、心配そうにいった。

「あの、マリウスさまは、大丈夫でいらっしゃるのでしょうか。――もう、何もずっと音沙汰もなくていらして――なんだか、とても心配なのですけれども……もしかして、町のほうで、何か悪いことでも……」

「悪いことがおこれば、それはそれでなんらかの消息がわかるだろうというものだ」

グインは云った。

「そんなことを気にすることはない。お前はなかなか心配性だな。まあ、落ち着いているがいい。もうじきマリウスが戻ってくるだろう。さもなくば、ともかく今日をどうするか知らせてくれるだけでもな。でないと、こちらも困るだろう、ということくらいはマリウスにも、十二分にわかっているはずだと思うぞ」

「さようでございますねえ……」

もう、朝食もすんでしまうと、特にすることもない。

リギアは自分のいったとおりさまざまな用を片付けているのだろう。朝食の食器を持って母屋のほうへいったきり、まったく戻ってくる様子もない。遠くのほうでかすかに馬のいななきがきこえたが、それが主人にあって喜んでいるマリンカのものであるのか、それとも別の馬の声が遠い街道筋から聞こえているのか、それまでは聞き分けられなかった。

「それにしても、マリウスさまはいったいどう……」

どうにもこうにも、気になって気になってたまらぬとみえて、フロリーがおずおずと言い出そうとした、そのときだった。

「まあ」

フロリーは叫んだ。

「聞こえませんか、陛下？　何か……陽気な歌声がきこえてきますわ！」

「おお」

グインはうなづいた。

「確かにあれはマリウスの声のようだ。歌いながら戻ってくるとはマリウスらしいな」

「よかった。何事もなくお戻りだったんだわ」

フロリーの顔がぱっと喜びに染まった。スーティはなんとなく疑わしげにその母親を見つめている。グインはフロリーが急にそわそわしだしたのに気付いた。

「ほんとに、よろしゅうございました――ずっと、心配していたんですのよ……このあたりは何かと物騒ですし――ああ、お帰りだわ！」

かるいノックの音がきこえた。フロリーはぱっと飛び上がった。

「ああ、やっとお帰りですのね！　マリウスさま！」

フロリーは戸口にまろび寄った。しがみつくようにして扉をあけはなつ。

「お帰りなさいまし、マリウスさま。――お待ちしており……きゃッ！」

入ってきたのは、マリウスではなかった。

それはきのうの傭兵スイランであった。きのうと同じ傭兵のよろいとマントをつけ、かぶとは持っていない。害意のないことを示そうというのか、腰に剣もおびていなかった。

「あ——」

フロリーが失意と落胆の声をあげた。だが、その声は、スイランの声に消された。

「あ——あ——あんた……」

フロリーははっとふりむき——

そして、思わず息をとめた。

「へ——へい……」

陛下、と叫びそうになった自分の口を両手で激しくおさえつける。

グインはフードをかぶっていなかった。マントの上から、小屋にさんさんとさしこむ明るい朝の陽光に照らされて、見るもあざやかな黄色い地に黒い斑点を散らせた、グインの豹頭が、くっきりと照らし出されていたのだ。

「ひ……」

フロリーは息を詰めた。

だが、もっと仰天していたのはスイランだった。

その灰色の目は、まんまるく見開かれて、世にもありうべからざるものを見たように、グインの豹頭に向けられていた。

「ひ、ひ……豹……」

スイランの口から、魂切る叫びが漏れた。

「豹頭……ひょ、豹頭……ケイロニアの……ひょ――豹頭王……」

「い――や……」

いまさら、遅い、と知りながら、グインはフードをかぶりなおそうと手をあげた。だがスイランはなかば腰をぬかしたようなありさまで、よろよろと壁までよろめいてゆき、どさりと壁にもたれた。そのあいだも、そのまんまるく見開かれた目はグインからはなれない。

「そん――な、ばかな……そんな、ばかな！」

ぽかんとあいた口から、うつろな声がもれた。

「こんな……ケイロニアの――豹頭王、こんな……ところに……なぜ……」

「俺はケイロニアの豹頭王ではない」

グインは言いかけた。なんとかして、申し開きをして、スイランを納得させなくてはならぬ。グインの頭は狂気のようにかけまわっていた。

「俺は――」

「ノ——ノーマドじゃなかったのか。ノーマドじゃ……まさか、こんなところに……黒疫病ってのは……嘘……それとも……」

まさに、この——

ねらいすましたかのように運のいい瞬間。

朗らかきわまりない歌声とともに、くるくる巻毛と三角帽子の陽気な顔が、小屋の入口にのぞいた。背中にキタラを背負い、なにやらたくさんの包みを手にさげている。スイランは入口の横手の壁に背中をもたれていたので、外からはまったくその存在は見えなかったらしい。

「なんだよ、こんなに大きく扉をあけはなったままで、ずいぶん不用心なんだなあ！」

陽気なよくとおる声が静かな朝の空気をふるわせた。

「すっかりあけちゃって、すまなかったよ。そのかわりに、いいものをたくさん手にいれてきたからね。さあ、もう何にも心配はいらないよ。大船に乗ったつもりで出掛けられるんだよ。グイン、フロリー……え？」

「グイン……」

スイランのあごが、さらにだらりと下がった。マリウスも口をあいた。

「え——？」

さながらヤーンのサイが《ドールの手》を出した、とでもいった沈黙が、あたりを支配した。

第二話　一座誕生

1

「え……」

「こ——れって、この……」

最初に、舌を取り戻したのは、やはりマリウスであった。

「この——人は……」

「傭兵のスイランという御仁だ」

グインは云った。一瞬の錯乱のあとに、グインはふいに、糞落ち着きに落ち着きを取り戻して、むしろなにやらおかしそうに声は笑みをさえ含んでいた。

「俺のことを、ノーマドというもと兄貴分だったという巨漢の傭兵だと云っておられてな。そうではない、ということを説明するのに骨を折っていたところだった。そうだな、フロリー」

「……」

フロリーのほうは生憎ながらそこまで肝が据わってはいなかった。どうしてよいかわからぬまま、おろおろとマリウスと、スイランと、そしてグインとを見比べている。グインは苦笑した。

「それで、俺のほうだがな、マリウス、どうやらこれで準備はできたと思うのだが、どうだ？　これで無事に豹頭王グインに見えると思うか？」

「え」

マリウスがまたぽかんと口をあけた。グインはなおも落ち着き払って続けた。

「こうなったらもう仕方がない。舞台裏を見られてしまったのだから、スイランさんに本当のことを打ち明けてしまうほかはないと思うぞ。スイラン、実をいうと、俺はノーマドではない。いまの通り名はグンドといって、まあ、タルーアンの血をひく傭兵なのだがな。本名は勘弁してもらおう。云うわけにはゆかぬ事情がある。また、顔を出せぬ事情もあるのだ。もしもあんたが、きのう連れが案じていたとおりの賞金稼ぎなんだとしたら、ちょっと申し訳ないが、俺もここで賞金稼ぎに素性を知られるわけにはゆかぬ。あんたにはここで死んでもらわなくてはならん」

「な――なんだって」

スイランは飛び上がった。

「ちょ、ちょっと待てよ……」

「素顔を出せぬ事情がある、といえば、まあたいがいは察してもらえるだろう。詳しい事情は云うわけにはゆかん——いろいろな事情を話しただけで、だいたい、ああ、あの事件かとばれてしまいそうだからな。ただ、まあ、俺は、ちょっと顔を出して中原を旅するわけにはゆかぬ事情が出来てしまった者だと思ってもらおう。ただ、お前がノーマドとやらと間違えたとおり、俺は見てのとおりとても図体がでかい。これだけ大きな男はめったにいないだろうといってお前とてもノーマドだと最初から決め込んだ。そのくらい、俺は目立つ。いかに変装しようが、どうしようが、俺を知っている者、俺を捜している者にかかったら、たちどころにからだの大きさで見破られてしまうし、またこんな大きな男を見なかったかと聞いて歩いたら、すぐにでも俺の足取りはわかってしまう。——そんなわけで、この吟遊詩人のマリウスが、いろいろ考えた揚句、とんでもない知恵を出してくれたのだ」

「ち、知恵……」

「そうだ。それは、最初聞いたとき、俺も絶対そんなとてつもないことがうまくゆくはずはないと反対したのだが。それはな、俺のこの目立ってしかたのないからだの大きさを利用して、逆に俺にしか化けられない変装をすること——かの有名な巨漢であるケイロニアの豹頭王グインに化ける、ということだったのだ。そうだな、マリウス」

「あううう………」

マリウスは目をぱちくりさせた。だが、少しづつ事情を飲み込んできたらしく、感心にも何も云わなかった。

「ケ、ケイロニアの豹頭王に——化ける、だとォ？」

仰天したようすでスイランが叫ぶ。

「そんな、ばかな……そんなことが、出来るわけがねえじゃねえか……」

「だが豹頭王はいま、ケイロニアから失踪している、というもっぱらの評判だぞ。それはお前も知っているだろう、スイラン」

「あうう——まあ、ちょこっと、そんなようなうわさは——小耳にはさんだけどな……しかし……」

「むろん俺はケイロニアの伝説的な勇士グインのようなすごい戦士ってわけじゃない。俺はただだからだがでかいだけのごく普通の傭兵だ。だが、グインだと思ったら、相手のほうが恐れをなして、ひいてくれるだろう。だから、剣をまじえてほんものではないと見破られる可能性も少ないはずだ。それで、俺はある知り合いの魔道師に頼み込んで、こうしてほんものらしく見える豹頭の仮面を作ってもらい——とてつもなく高くついたがな、生きのびるためだ、仕方がない。これからパロまで落ち延びればなんとかなるだろう、ということで、中原を、俺を捜している賞金稼ぎどもの目をごまかしながら無事に旅出来るよう、豹頭の戦士グインだ、という変装をすることにしたのだ」

「ばかな」

スイランが叫んだ。

「そんなやばいことってあるもんか。グイン王はケイロニアじゅうが血まなこで探しているんだぞ。もし万一、ケイロニアの手の者に見つかって、やれ嬉しやとケイロニアに連れ帰られて、それでほんものの豹頭王でねえことがバレたら、それこそ、豹頭王をいつわった、ということで、拷問の上はりつけにされてしまうだろうに。そんなやばい変装なんかとんでもねえぞ、ええと……」

「グンドだ。だがこれからはグインと呼んでもらわないと困る」

「グンド。なあ、悪いこたあ云わねえからそんなとんでもねえ考えを起こすのはよせ。そりゃ確かにあんたくらいからだがでかければ、変装しようったって、まあ確かにケイロニア王グインかタルーアンの戦士ゼノンくらいにしか化けようもねえだろうが、だがその豹頭はとてつもなく目立つんだぜ。それに実によくできてる——こうやって明るい光のなかで見たって、ほんものとしか思えねえ……なんてこった」

「魔道師のギルはとてもいい仕事をしてくれたものだ。たいそう高くついたがな。生きるためなのだから、それも必要な投資というものだろう」

ぬけぬけとグインは云った。マリウスはしだいに目をらんらんと光らせながらこのようすを見つめていた。フロリーのほうはまだスーティを抱きしめたまま、半分は何がなんだかわからない、というようすに見える。

「そのかわり、ひとつ困ったことがある。これは作り物の仮面なのは当然だが、万一にもはずれたりすることのないよう、魔道でしっかりととめてもらったのだ。その魔道をとかぬ限りはもうはずれなくなってしまった。だから、俺は、当面、もうあくまでもケイロニアの豹頭王グインだと言い張って旅をしてゆくほかはないということだ」

「ほんとに、とんでもねえよ、そんな！」

スイランは叫んだ。だんだん、この話にすっかり引き入れられてしまっているようだったし、それに、グインの話をてんから疑ってはいないようすだった。あまりにもまた、それは奇想天外すぎて、とうてい、真実以外のものではありえない、とさえ思われたのだろう。

「あんた、なんていう命知らずなんだ！　ケイロニアだけじゃねえよ。クムだってパロだってゴーラだって、どこだって、万一にもケイロニアの豹頭王がこんなところを護衛の軍隊も連れずに旅してる、なんてことを見つけたら、そりゃもう半狂乱で身柄をおさえたがるだろうぜ。豹頭王といえばいまやケイロニアの皇帝の何より大切な娘婿だ。その身を人質にすりゃあ、どんな交渉だってケイロニアあいてに思いのままだし、ケイロニアは失踪した豹頭王の行方を知らせてくれたものにはたいへんな賞金を出すだろうからな。あるいはとてつもねえ刑罰かな――豹頭王に危害を加えたりしたものにはな。何にせよ、あんまり危険すぎるよ。いますぐ、そんなばかげた考えは捨てるこった。でねえと、あんただけじゃねえ。一緒に旅してるあの女傭兵も、連れの連中も、みんな一蓮托生で首と胴体が生き別れることになるぜ。それもさんざんな拷問の揚句にだ。ううう、くわばら、くわばら」

「大丈夫だよ」

突然、マリウスが朗らかにいったので、グインも驚いてマリウスを見たし、スイランも、フロリーも飛び上がった。正直いって、マリウスの存在についてはみんなかなり忘れかけていたのだ。

「それについては、グイン、いやグンドに相談されたときからずっと考えていたんだ。そうして、やっといい方策を発見したところだったんだよ！　そうして、その方策について話すためにここに帰ってきたところだったんだ」

「その、方策とは何だ？　マリウス」

「ぼくもやっぱり、スイランさんのいうとおり、グイン王に変装するというのは危険すぎると思うんだよ」

マリウスもぬけぬけと云った。もっともこちらは、そのぬけぬけが商売でもあったのだ。グインよりも、さらにそのようすは堂に入っていたのも当然であった。

「ずっと考えていて――まあ、確かにグンドはこんなに大きなからだをしているから、なみたいていの変装ではとうてい無理だと思うんだけれどもねえ。で、グイン王に化ける、というの、いったんは賛成したけれども、そのあといろいろ考えていて、どう考えてもやっぱり、豹頭王グインと名乗って渡し船に乗ったり、ルーアンやタイスを通過したりするのは、無事でいろといっても無理だよ。だからね――」

「うむ」

「ぼくの考えは――『豹頭王グインを演じる一座』に化けることが一番いい、というものなんだ！」

あまりにまことしやかにマリウスが云ったので、グインでさえ身を乗り出した。

「なんだと……もう一度いってくれ」

「何度でも。つまりね、『豹頭王グインを演じる』旅芸人の一座に化けるんだ。ぼくはどちらにしてももともと旅芸人だから、何も問題はない。まあ、編成としてはやや淋しいけれど、リナはそれなりに武芸がたつから、どこかの町についたらね、どこの町にもあるふれこみ屋に頼んで『豹頭王グインがやってきた！』というふれ歩きをさせて、ひとを集め、そうしてあなたがその大きなからだや豹頭を見せて人々からお金をもらうんだよ。でもって、リナとあなたがかるく戦ってみせる。そりゃもう大喝采にきまってるよ！　いまや中原のひとびとはたとえ三歳の子どもだって、豹頭王グインのことは知っている。だが実物を見たことのあるものは、ケイロニアの偉いさんでもないかぎりとても少ない。みんな、豹頭王というのはどういうふうなんだろうときっととても知りたがっていると思うんだよ」

「………」

グインはトパーズ色の目を見張ってマリウスを見つめた。スイランもうろんそうにマリウスを見つめている。

「ねえ！　これは素晴しい興行になるよ！　誰もが見たがっている『伝説の豹頭王グイン』を見せてあげようというんだ。もちろん、それだって、ケイロニアなどではけっこういまの時期、ほんものが失踪しているだけに、けしからんとか、人心をまどわせる、といって目くじらをたてられるかもしれないけど、こういうクムの田舎だの、パロだのだったら、そんなことをいってるひまに人々は大喝采して金を投げてくれるだろうさ。それに、役人がとがめにくる前に、こちらはかせげるだけかせいで、とっとと次の町へとむかっている。そうすれば路銀も稼げるんだし、あなたは顔を隠したまま堂々と『豹頭王グイン役をしている大男の芸人』として大道を歩ける。そうしてどこへでも、行きたいと思っているところへゆける。こんな、具合のいい話はありゃしないよ！」

「そ、それはそうかもしれないが、しかし、俺にはそんな、芝居だの芸当だのは何ひとつ出来んぞ」

いささかひるんだようすでグインは云った。マリウスは大笑いした。

「全然大丈夫！　ぼくは生まれついての芸人なんだからさ。ヨウィスの民を母にもち、生まれてこのかたずっと旅から旅の旅一座として生きてきたんだ。口上は全部ぼくにまかせておいてくれたらいい。あなたは客あつめの役だ。そのみごとな筋肉をみせて、力こぶを作ってみせたり、失礼だけどちょっとだけ、上半身だけ裸になっていろんな格好をしてみせるだけで、みんな満足するよ。ましてリナとちょっと申し合いでもしてみせればさ。そのあとは、ぼくの口上と——そうして本当に芸のあるぼくがキタラをひいて歌を歌えばみんな拍手喝采さあ。これはすごい一座になるよ！　とてもいい一座になる。馬車を買って——きっとそのかせぎであっという間に馬車だって買えるようになるさ。その馬車に『豹頭王グインきたる！』と書いた看板をかけよう。もっとも、本当にそういってしまうと、あとでにせものだとばれたときに問題になって、それこそ逮捕されてしまう。だから、看板はよく見ると『豹頭王グイノきたる！』としておくのさ。あとできかれたら、グインだなんていってないじゃないか、この人はグイノというんだ、って答えてけむにまいてやればいい」

「な、なんだか、それはたいそうあつかましいように思えるな」

グインはひるんだ声を出した。フロリーはただひたすらびっくりしているようすで皆の顔を見比べているばかりだ。

「そうだ、フロリー」

グインは思いだしたように云った。

「母屋のほうでリナが風呂に入っているはずだ。お前もひと風呂あびさせてもらって、ついでにスーティも入れてやったらどうだ。そのときに、リナに、ちょっとこちらはこのようだということを話してやってくれぬか」

「あ——ああ。はい、わかりました」

フロリーはさすがに察しよくうなづくと、スーティをうながし、その手をひいて外に出ていった。リギアにあらかじめこのようすを話しておけ、というグインの含みをちゃんと感じ取ったのだろう。

「まあ、あんたの奥さんと子供のほうまで、何か芸をしろとは云わないよ」

マリウスがずるそうにいった。

「あの人はミロク教徒で、とてもそりゃあ真面目なかっちん玉なんだからね。だけど、可愛いから、きれいなヨウィスの民の衣裳でもきせれば、看板娘くらいにはなると思うよ。なかなか面白い一座じゃないか。これならぼくは、何年でもこのひとネタで食ってみせるな。しかもゆっくり食えるというもんだよ。あんたみたいにでっかい人は本当にそうそういるわけじゃないんだから、せっかくのそのがたいを、もっともっと有効に使わなくっちゃあ」

「そうだなあ」

　グインは不承不承、といったていをよそおって、うなづいた。

「俺はだが、恥をいうようだが、でかい図体はしているがなかなかの臆病者でな。剣など、よう振り回したこともない。ひとと戦うなど、とんでもないのだ。だから、リナには充分に、打ち合わせたとおりに負けてくれるように云っておいてもらわなくては困る。それに、豹頭王グイン――だかグイノだかを名乗っていても、だからといって武勇が売り物だろうといどんでくる傭兵などがいたりしたら、俺は困ってしまうぞ。とにかく、俺は闘うのがいやで兵隊稼業から逃げ出したのだからな」

「へええ、そうなんだ」

　物珍しげにスイランが叫んだ。

「おらあ、まだ、あんたが俺の兄貴分のノーマドじゃねえか、という疑いを捨てきれたわけじゃねえんだけどさあ、しかし、だんだん、もしかしたら本当にノーマドじゃねえのかもしれないな、という気もしてきたなあ。だって、ノーマドなら、死んでもそんなこと――戦うのがいやだ、なんてことは云わねえに決まってるし――そもそも戦うのが商売の傭兵だったんだからな。それに、そばにいるだけでも強くて頼もしかったもんだ。なるほど、あんたは本当は戦うのが嫌いな臆病者なんだな。だから、そんなにいつもでかいからだをまるめて隠そうとしているんだ？」

「まあ、そうだ」

　グインは認めた。

「俺はとにかく、からだが大きいというだけで、ずっと、強いだろうだとか、戦うのにむいているだろうと思われてきたのでな。だが俺は本当は戦いなど大嫌いな平和な人間なのだ。皮肉にもそのために逆にもめごとにまきこまれ、追われる身になってしまったのだが、それも本当は誤解なのだ。なんとかして俺はその誤解をときにパロへゆきたいのだ。いや、ゆかなくてはならんのだ。ただし誰にも見つからぬようにな」

「そのずうたいで、身を隠そうとか、誰にも見つからぬように、なんて思うのはばかげてると思うんだよ」

　ほがらかにマリウスが云った。いまやマリウスはすっかりこの途方もないわるだくみに夢中になってしまっているようすだった。

「ぼくは最初からそう思っていたんだ。本当は豹頭王だって名乗って歩いたところで、誰も本気にしやしないよ……というか、わざわざそんなよくできた仮面まで作って、よほど豹頭王にあこがれてる変なやつか、それとも顔を隠す理由のあるうしろぐらいやつだな、ってかえって目立ってしまうのがおちだと思っていたんだ。何かを隠そうとするときには、堂々とやったほうがいい――つまりは、何も隠してないよ、というのが一番いいことなんだとぼくは思ってる。これはまあ、さんざん浮気がばれたときのぼくの生活の知恵でもあったんだけどな」

「浮気はともかく、その意見には一理ないわけでもない」

苦笑してグインは云った。

「よかろう。まあそのかわり、俺には踊ったり歌ったりなどという芸当は死んでも出来ないぞ、ということだけはもう一度断っておくぞ。それに、なまじ口をきいたら客も幻滅だろう。かえって俺は何もいわずにすごんだり、力こぶを見せたりしているほうが豹頭王らしく見えるのではないか？」

「それもそうだな。そりゃまあ、あんたは口をきかなくてもいいよ」

マリウスは大きくうなづいた。

「ようし。じゃあそれについてちょっと考えて、とにかく看板をなんとかしてみよう。ここにね、一応実は手形はもらってきたんだけれども、まだ旅の目的とか、いろいろ書き込んで、それからもう一度ハンコをもらいにゆかなくてはならないんだよ。だからそのときに、旅芸人一座、ということで申請し直してみよう。きっとそのほうが、ぼくの吟遊詩人の鑑札があるから、話も通りやすいと思うよ」

「ふうん……」

奇妙な、感じ入ったような声を、スイランがあげたので、マリウスとグインはそちらをふりむいた。

「なんだか、面白そうだなあ」

スイランは頓狂な声をあげた。

「冴えねえ傭兵稼業にもそろそろ飽きがきてたことだしなあ。おらあ、本当は昔っから、そういう、芸人だの、旅芸人だのってのにあこがれてたんだが、全然知り合う機会がなかったんだ。なあ、おいらも、一座にまぜて連れてってくれよ」

「なんだって」

驚いてマリウスは叫んだ。

「だめだよ、とんでもない。何をいってんだ、この人は……ええと」

「スイランだよ。なあ、いいじゃねえか。おらあちゃんと役にたつぞ。あんたがもし豹頭王にばけて、殺陣をみせて客からゼニをとるというんだったら、相手役が必要だろう。あの姉ちゃんだっていいだろうが、女剣客だけじゃあ、強そうに見えねえぞ。俺みたいに人相が悪くて強そうなのを一瞬でやっつけるほうが豹頭王らしく強そうに見えていいんじゃねえのか？　なあ、連れてってくれよ。俺は傭兵の鑑札があるからすぐにでも出かけられるよ。いますぐ出る支度をして、仲間にはちょっとこれから面白い旅の仕事があるからそっちに加わってしばらく遊んでくるといってくる。どうせ流れ流れの流しの傭兵稼業なんだ。また気が変わったら元の仲間に戻ってくりゃあいいんだ。なあ、給料をくれなんて云わないよ。飯さえ食わせてくれりゃいいし、馬は自分のを持ってゆくから、仲間にまぜてくれよ」

「駄目だよ」

マリウスは怒って云った。

「とんでもない。あつかましいやつだな。ぼくたちはあんたのことなんか何にも知らないんだ。本当はあんたが賞金稼ぎだったり、もっと何か悪だくみをしている悪党だったりしないという保証はどこにもないだろうが？　だいたい、なんだって、あんたがここにいて、どういう話でこんなふうななりゆきになってるんだか、ぼくはいまさっき戻ってきたばっかりで、まったくのちんぷんかんぷんなんだからね。だいたいあんた誰なんだよ？　傭兵のスイランだ、っていったって、そんなの、名乗ろうと思えばぼくだってパロの公爵様だ、とだってケイロニアの王子様だとだって、なんとだって名乗れるんだよ。そうじゃないか」

「それが本当だったところで誰も驚きゃしねえだろうよ」

ずるそうにスイランは云った。

「おらあ傭兵のスイランだよ。そのほかのなんでもねえや。賞金稼ぎでもなけりゃ、街道の山賊どもの手引きでもねえよ。それをどう証明したら信じてくれるのか、鑑札を持ってきて見せるからさ。一応そこには歴代の証明書がくっついてるから、あちこちの戦場で戦ったという証拠にはなるだろうよ」

「そんなもの、何の証拠になるもんか。そんなもの、いくらだって偽造できるんだから」

マリウスは言い返した。そういうのももっともであった——まさしく、いま、マリウスが手にいれてきたのはその偽造したものそのものだったのだから。

「絶対駄目だよ。この一座はもう満員だ。何か仕事がほしけりゃ、よそを探すんだな。気心も素性も知れない傭兵くずれなんか、もし人手が欲しくたって雇いやしないよ。帰りな、帰りな。もうぼくたちはこれから出発の準備で忙しいんだから」

「ちぇッ」

スイランはふくれて云った。だが、案に相違して、そのまま、おとなしくたちあがった。

「なあ、俺はおもての赤いめんどり旅館にいるから、気が変わったら声をかけてくれよ、頼むよ。ずっと、いつでも出られるようにして待ってるからさあ」

「一生、待ってたらいい。誰も声をかけになんかゆかないよ」

マリウスはつけつけと言い返した。そして、スイランをぐいぐいと扉の外に押し出すようにした。

「なんだよ、乱暴すんなよ、綺麗な吟遊詩人の兄ちゃん。話せばわかるっていってんじゃねえか。俺は賞金稼ぎなんかじゃねえよ」

「わかるもんか。とにかくぼくたちは出発の準備で忙しいんだ。さあ、早く出てってくれ」

「なあ、連れてってくれよう」

「駄目だったら、駄目だ」

　というのが無情なマリウスの答えだった。マリウスはスイランを強引に押し出してしまうと、扉をしめ、かぎをかけた。

「なんて変なやつだろう！」

　しめるなりマリウスはぶつぶついった。

「あんなのにとりつかれてたまるもんか。絶対にあんなの、賞金稼ぎか、でなけりゃ、何かくさいとふんでうまい話を探そうとしてる情報屋に決まってるんだ。油断しちゃ駄目だよ、グイン、いや、グンド、いや、グンドのグイン」

2

「油断はせぬが……」

グインが何か言いかけるのを、マリウスは制した。そしていきなり扉をひきあけた。

「わッ」

いきなり戸をあけられて、そこに耳をおしつけようとしていたスイランがたたらをふんでころがりこむ。

「ほうら、まだ立ち聞きしようなんてしていた。これがあやしくなくてなんだというんだ。——さあ、帰れよ。でないとだんろの火をつけちゃうぞ」

「なんだよ、なんだよ、きれいな顔して気の荒い兄ちゃんだなあ。俺が何しようとしたってんだよ」

「立ち聞きしたじゃないか。さあ、とっとと赤いめんどりでも黒いおんどりでもいいから帰った、帰った。でないと、あの女傭兵が戻ってくると、あのおねえさんは怖いんだぞ。おまけにたいていの男よりか強いんだ。あの女に剣をふりまわされたら、えらいことになるんだからな」

マリウスが云ったときに、ちょうどまさに折も折、という感じでリギアが戻ってきた。フロリーとスーティを従えている。濡れた髪の毛をかわいた布でまきあげ、こざっぱりして気持よさそうに見えた。

「なんです、何をもめてるんですか、そんなとこで」

「あ、リナさん、いいところへ。この賞金稼ぎだか情報屋だかなんだかわかんないおっさんが、なんだかんだとからんでくるんだよ。追い払ってくれよ」

「なんだよ、なんだよ。ひとのことを賞金稼ぎだと頭から決めつけやがって。そんなんじゃねえといってるじゃねえか。なあ、連れてってくれったらよう」

「駄目だったら駄目だ」

「ああ、このひとが、そんなことをいってるわけ？」

リギアは飲み込みよく大体のようすを察すると、腰の剣に手をかけながら一歩踏み出した。それをみて、スイランはすばやくあとずさった。

「なんだよ。あんたが強いのはもう、きのうの晩でよくわかってらあ。だから、何もしてないじゃないか――ひでえよ」

泣き言をいいながら、あわててスイランが逃げてゆくのを、マリウスはいまいましそうに見送った。

「まったくうろんな奴だったらありゃしない。だいたいなんだってあんなやつが入り込んでくることになったんだ？　いったい、あれはどういうことなの、グイン？」

「だから、当人のいっているとおり、とりあえずは俺をその昔世話になった兄貴分のノーマドという傭兵だと疑ってやってきたのだ。とりあえずゆうべは酔っぱらってやってきて、明日しらふになったらまた来るからといっておとなしく帰ったのだが、こんなに早くやってくるとは思わず、つい油断してフードをとってしまっていた」

「ああ、そういうことだったんですのね」

リギアが用心深くあたりを調べて、もうどこにもスイランがひそんだり、戻ってくるようすのないのを確かめてからドアをしめた。

「いったいどういうことになってるのかと思いましたよ。フロリーさんの説明じゃあ、正直いって何がなんだかさっぱりわからなかったんですもの。スイランがまたきた、っていうことだけはわかりましたけど、なんでそれで陛下が旅芸人になることになったのやらと――旅芸人てのは、何のお話なんです？」

「つまりこういうことさ」

マリウスが陽気に、さきほどの話について説明するのを、リギアは困ったように眉をよせながらきいていた。

「なるほどねえ。それでどういうことかはわかりましたけど、うーん、どうなんでしょうかねえ。大丈夫でしょうか、そんな目立つことをして」

「といったところで、どうせこうしてフードをつけていても、目立つのだしな。そのことはもう昨日一日でいやというほどよくわかった」

グインは肩をすくめた。

「俺も、きのう一晩、どうもこのままではうまくクムを抜けることなど出来そうもない、とずっとどうしたらいいか考えていたのだが、わかるようでなかなかわからず、いい考えも出てこないでいた。だがふいにスイランの顔を見、この豹頭を見られてしまったと思ったとたんに、考えがかわったのだ――そうだ、『どうせだったら、逆にそれほど目立つなら目立つことを利用してやれ。俺は、俺自身に化けてやればいいのだ』とな。だが、それを旅芸人の一座に仕立てようという考えを出したのはマリウスだ。それもなかなか悪くはない。というより、なかなか面白い。まあ、俺はあまり芝居の心得などはないので、うまくやれるかどうかわからぬがな」

「たいへんな評判をとってしまうと思いますよ」

リギアは困ったようにいった。

「そうしたら、たちまち役人が調べにきてしまうのじゃないでしょうか。ほんものだ、ということがばれてしまったらどうなさいます？」

「ばれはせんさ」

グインはちょっと暗然と云った。

「それで調査されたとする。だが、俺は——ほんものの豹頭王ならば当然知っているようなことを何も知らぬ。なんだ、やはり役者ではないか、ということになると思うぞ。逆に、それだからこそ、パロにいってなんとかしようというのだからな」

「その頭はつくりものの仮面には見えませんけれどもねえ……」

「だから、それは魔道師が魔道でうまくやってくれた、ということにすればいい」

マリウスはこの考えがすっかり気に入ってしまっていたので、熱心にいった。

「それに、仮面をとられるとまずいので、正体を知られたくないので、仮面が決してとれないように魔道師が魔道をかけてくれた、というのはなかなかいい口実なんじゃないの？　ちょっとグインには気の毒だけれどもね、ちょっと派手なマントだの、ちゃちな作り物の銀紙の冠だのを買ってくるからね。それをつけて、『豹頭王グインきたる！』という看板をマリンカにつけて、それで練り歩いて旅をして、町についたらひと興行うつんだよ。そうやってパロまでゆけば——むろん自由国境ではそんな必要などないけれど、お金も入るし、面白がられてあやしまれなくて、フードをかぶってミロクの巡礼のふりなんかしないですんで、何もかもうまくいくと思うけどな。ぼくもたくさんキタラをひいて歌がうたえるし」

「おうた？」

スーティが目を輝かせた。

「すーたんも、おうた、うたうよッ」

「きみは……」

マリウスはちょっと考えたが、首を振った。

「君は駄目。君はもしかしたら君のお父さん似だとしたら、たぶん音痴のはずだからね。――もっともお母さんがお歌がお上手かもしれないから、もうちょっと大きくなったらやってごらん。とにかく、いまはお邪魔しちゃ駄目」

「おじゃまないもん」

スーティは不服そうだった。

「すーたんおじゃまないもん。め。にいちゃん、め。ぶー」

「あたしに歌を歌えなんて云わないで下さいよ」

リギアが心配そうにいった。

「あたしはどうすればいいんですか。それにあたしだって芝居なんか出来ませんよ」

「だから、グインとちょっと擬闘というのかな、それをやってくれればいいのさ」

マリウスはいった。

「大丈夫、そういうのも、ぼくはちゃんとなんとなく考えつくから。どうしたらいいかはちゃんと教えてあげる。――というか、これから船のなかでゆっくり考える時間はいくらでもあると思うよ。それに、さっそくその考えは役にたつことになると思うよ。きのうさんざんぼくはいろいろと活躍したのでね。いろいろなものを手にいれてきたんだけど——おお、その話があとさきになっちゃった。あのスイランのやつのおかげで」

マリウスは、入口におきはなしになっていたものをいろいろと中に持ってきた。

「まずね、クムの通行手形はいまいったとおり、手にいれてきたので、あとは通行目的さえ書き込んでハンコをもらえば申請許可書を発行してもらえる。もちろん実のところ手形は偽造なんだ。きのう、この町のばくち場にいって、ちょっといろいろ働いて——まあその、お金もちょっと作ったり、なかなかこの町の権力者らしいばくち場の支配人というのにまあそのう、ちょっと——いろいろと気にいられてね——その人に頼んで、偽造の旅券を発行してもらえることになったのでね。でも、まあそういう筋の人だから、専門家みたいなものだから、そう簡単に見破られる心配のない通行手形を作ってもらえたので、あとは申請を認められれば船に乗ることができる。ただ、船は——ぼくたちだけで借り切るにはちょうどいま手頃なのがなくて、乗合船しかないというので、困ったなと思っていたんだ。それほど大勢が乗るやつじゃあないんだが、オロイ湖渡りの船というのは、むやみやたらと大きな船、中型の船を出すことはできないんだね。大型船はすべてクムの国家が運航させているものしかないそうだ。タリサから出る定期便が小オロイ湖を上り下りしていて、そこからルーアンで乗り換えて大オロイ湖をわたる。パロゆきの者は基本的にヘリムゆきに乗る。どうあっても一回ルーアンは通らなくてはならないようだけれどもね――でも、ルーアンのすぐ近くにバイアというちょっと小さめの港町があるから、そちらのほうがまだ人目が少ないだろうからいっそ小オロイ湖は東ルーアン道を陸路いってルーエからバイアまで船でわたり、バイアからヘリムへわたるという方法もあるそうだ――どうしたの？」

けげんそうにマリウスはフロリーを見た。フロリーがぶるっと身をふるわせてそっと自分のからだを抱きしめるようにしたのを、目ざとく見つけたのだ。

「あ、いえ……なんでもないんです。昔……わたくし、アムネリスさまとともに――アムネリスさまのお供で……バイアのアムネリア宮に……幽閉されていたものですから、バイアときいて、いろいろな――あの当時のことをいちどきに思い出してしまって……

……」

「なるほどね、でもまあ思い出話はこんどゆっくりね」

あっさりとマリウスは片付けた。

「いまは時間がないから――でね、大型の、三十人乗り、四十人乗りは定期便が出ているが、これもタリサからだ。タリサまで、タリサ水道を下るのに船を借りようと思っていたが、マリンカもいるし、グインのほうもそういうわけで顔を出して歩けるようになったことだし、かえって陸路をとったほうがいいと思うんだけど、どうだろうな。むろん申請書は小オロイ湖でも大オロイ湖でも使えるから、もらっておいてまったく不都合はない。というより、これがなけりゃ、まったく水郷クムでは船に乗ることが出来なくて動きがとれなくなってしまう。そのかわり、タリサ水道を通るだけじゃなく、クムのすべての水路に共通する通行許可証をもらえるように話をつけてきたから、一度もらえば大オロイ湖まで大丈夫なはずだよ。——それでね、三十人乗り、四十人乗りは全部乗合船だ。あと中型としては十人乗りから十五人乗り、二十人乗りの三種類があるが、これは十人乗りはけっこう小さいので、一番問題になるのはマリンカを乗せることだろうね。といってぼくたち四人とマリンカのために二十人乗りだのを借りてしまったらとてつもなく高くついてしまう。また、大型船は国営だが、中型船はいろいろな船宿があるそうだが、そのなかにはけっこういかがわしいのもあるから気を付けろ、といわれたよ。博奕場のあるじがいうんだから、相当いかがわしいんだろうね。あんたみたいなきれいなのがうかうか変な船に乗ると、そのまま、ヘリムにつくとばかり思っていたらいつのまにか船はタイスについていて、そのまんま淫売宿に売り飛ばされて泣きの涙なんてことも、いくらもあるからね、って脅かされちゃったよ」

「んまあ」

「リギアとグインは心配いらないだろうけど、ぼくとフロリーとスーティは……ちょっと気を付けたほうがよさそうだな。べつだんリギアの容色が売り物にならないなんていってるんじゃないよ。リギアは強いから大丈夫だろうけど、っていうお話」

「そんなこといってませんよ。よけいなことといってないでとっとと先を話して下さい」

「まあ、だから、そういうわけなので――ことに、グーバが危ないよ、といってたよ、カシムおっさんは――それがそのばくち場の支配人なんだけれどもね。四人乗りとか五人乗りで、小さな屋根のついた、外から乗り手の見えないグーバが一番危ない、といっていた。中にもうひとり、仲間が隠れていて、これぞと思う客が乗ったら、そのまんま、その仲間がおさえこんで、船の上で強姦してしまってそのままタイスに連れていってしまうこともあるし、さるぐつわをかませ、縛り上げてタイスにいって売り飛ばしてしまうこともひんぴんとあるんだそうだ。いやあ、そのへんが、さすがは快楽の都クム、悪徳の国クムだねえ！　だものだから、ことのほか、船の乗降許可書については厳重なんだそうだが、それにもかかわらず、偽造の通行手形だの、偽造の許可書があとをたたないんだってさ。ま、現に手にいれるのはとっても簡単だったからなあ」

「とんでもない国だわね」

リギアは悪態をついた。

「ミロク教徒にとっちゃ、最悪の悪夢のような国じゃなくて、フロリー。あなたにしてみれば、一瞬も早く通り過ぎたいところね」

「いえ……そんな。どこの国にも、きっと心の清らかなかたも、正しいかたもおいでになるはずです」

「でもそうでないのもたくさんいるみたいだねえ」

マリウスは肩をすくめた。

「きのう一晩かけてさんざんいろいろな話をきいておどかされちゃったからなあ。このタルガスかいわいはまだ、モンゴール国境だから、それほどクムらしさは強くはないけれど、小オロイ湖を南下していったらもう、そのあたりは目一杯クムそのもので――タイスに限らず、ルーアンだって大変だといっていたけれど、でもやはりタイスが一番すごいようだね。どんな種類の快楽でも、売ってないのはないよ、とカシムが云ってニヤニヤするんだ。連れはどんなんだいというから、まあ、適当に答えておいたんだけど、いくらなんでも二歳半の男の子なんかは平気だろう？　ときいたら、とんでもないというんだね。零歳だって、ちゃんと需要があるとも、みめかたちさえそれなりなら、零歳から百歳まで、男だろうが女だろうが動物だろうが、タイスで用のないものはいないよ、っていうんだよ。さすが、世界中が悪徳と快楽とを求めておしよせる悪徳と快楽と頽廃の都タイスだね。ルーアンにもでもちゃんと『イリア・マドレス』とよばれる、悪徳と快楽と頽廃にみちた一角があって――その浮き島みたいになっているあたりだけは、タイスもかくやという淫売宿――あ、失礼、まあ、女郎屋だの、飲み屋だのなんだの、ありとあらゆる快楽を売っている店が建ち並ぶ歓楽街になっているんだそうだ。正直、ぼくなんかはちょっと行ってみたいけど、きみにはとうていすすめられないねえ、フロリー」

「………」

フロリーは思わずそっとミロクの印を切って何か口の中でつぶやいた。ミロクの祈りことばだったのだろう。

「まあ、ともかく、それはともかくとして、そういうわけでぼくとしても、船の乗り換えだの、そういうのが回数が重なるほどに、マリンカも神経質になるだろうし、グインもね――フードをかぶっていてもやっぱり恐しく目立つのは本当だから、どうしたらいいかなと思っていたんだけど、はからずもこういうことになったので、逆に小オロイ湖は東ルーアン道を南下して陸路、『豹頭王グイン一座』の小手調べをしながらいったらいいんじゃないかな。そうしたら、タリサ水道の問題もない。タリサ水道の乗合船はみんな小さいので、特に乗客どうしずっと顔をつきあわせていなくちゃならないんだよ。だから、マリンカはまあ、そうしたらリギアが乗ってタリサで落ち合うようにしたところで、グインのほうが大変だなあと思っていたんだけど、一気にタルガスからルーエまでいってしまえば、よほど楽になると思うんだな」

マリウスは云った。マリウスは知るよしとてもなかったし、ほかのものもまた知ることもあるわけはなかったが、期せずして、いつのまにか、かれらがたどろうとしているその道筋というのは、ものの一年ほどまえに、マルコひとりを従えたイシュトヴァーンが、アルド・ナリスとの会見の秘密の任務をおびてパロのマルガへとひた下っていった、同じルートであった。

まだ顔も見たことのない父親が、かつて通っていった道を、おのれもあとを追うようにして通ってゆこうとしているとは、むろん二歳半のスーティには知るよしもないし、その母であるフロリーにも想像もつかぬことである。そのふしぎな運命の糸のくりかえしにも、ひそかにあやしいほほえみを浮かべているのはただ、ひとつ目とヤギの足をもつ老人ヤーン神だけであるかもしれなかった。

「どのような道をとるかについては、俺にもフロリーにもわからぬし、すべてお前にまかせる、マリウス」

グインは云った。

「まあそれに、もうこうなれば料理人の手につかまれた香魚だ。どう料理されるもこちらにはどうにもならぬ。紙の冠だろうが、真っ赤なマントだろうが、なんでも好きにしてくれ。俺ももう腹をくくったので、出来ぬことは出来ぬが——歌を歌えといわれても困ってしまうが、あとはもう、お前にまかせた。やれといわれたことは何も考えず、いたずらに恥ずかしがったりせずにやるから、なんでも云ってくれ。裸になれというのなら、それもべつだんかまわぬし、芝居をといわれても出来るかどうかわからぬが、出来る限りはやってみることにする」

「まあ、よいご覚悟ですこと」

リギアが笑った。

「あたしはとてもそこまでは腹がくれませんけれど、でもまあ、擬闘しろというのなら、しますよ。でも問題は、あまりお強いところをみせると、ほんものだっていうことがばれてしまいますね」

「陸路だったらそんなに急ぐことはないからね」

マリウスは云った。

「もういちどぼくが町場へ出かけてこんどはその旅一座の偽装に必要なものをいろいろ買い込んでくるからね。看板も作らないといけないし——通行手形もそれにあわせて種類を変えられるだろうし。でも確かにミロクの巡礼の鑑札を持っているより、旅芸人の通行手形をもっているほうがあやしまれないと思うんだよ。だからもしこの旅館があまりよくないと思ったらどこか探してくれてもいいし——ぼくの戻り時間しだいでは、もう夜になって、出発は明日になる、ということになるかもしれないからね」

「そうですねえ。ここはあの赤いめんどりって大きなはたごが近すぎるし、あの変な傭兵もいるし、とにかくここは引き払って、どこかよそに泊まり場所を探したほうがよさそうに思いますね」

リギアは考えこんだ。

「あのスイランてやつはあたしもちょっと気になるんですよ。賞金稼ぎではないかもしれないけど、あの変な兄貴分の話は本当だとはとても思えませんしねえ。だから、あの男が追いかけてこないように、うまくまいて、いどころを移したほうがいいかもしれません。それじゃ、もうここは引き払いましょう。話がそうと決まれば早いほうがいい」

「そうだな。じゃ、こうしよう。ぼくはまた町場にいっていろいろさいごの用を足してくるから、そのあいだに泊まり場が決まったら、カシムの賭場といって、波止場できけば誰でも知っているから、教えてくれるからね。ぼくはたいがいそこでつかまると思うよ。さもなけりゃ、そこでぼくの居場所を教えてくれる。でも、けっこう昼前に用をすませて戻れるようなら、もう一晩タルドにとまることはないんだから、とっとと出かけよう。そのときにはもう、きょうじゅうにタリサまでゆけてしまうだろうからタリサどまりってことになるよね」

「ああ、ここからタリサなら、女子供連れでもそんな時間はかかりませんね」

「それにその一座をやって歩くんだったら、道中でそれなりにお金が稼げるから、もうちょっとタルドであんまり感心しない方法でお金を稼ぐ必要がなくなるな」

マリウスが微妙ににんまりして云った。

「ぼくはそれもべつだん、いやなわけじゃないけど。——でもカシムはとってもしつこ……あ、いやいやいや……だから、じゃあ、とにかく、泊まり場所はあらかじめ探しておいて、夕方くらいになってから泊まるかどうか決めたほうがいいかもしれないね。出来ることなら、あの傭兵のこともあるから、今夜はもうタルドじゃなくて、タリサどまりにしたいもんだな。この田舎町にはもうほとほと飽きちゃったよ。ほんとに何にもないんだものな。カシムの賭場以外なんにもない」

「しかしよくまあそのなかでもそういうものを探し当ててくるものだ。さすがに嗅覚というものだな」

「まあね」

　マリウスはにやりと笑った。

「蛇の道は蛇ってのはこのことかな。じゃあ、いってくるけど、あの傭兵には気を付けたほうがいいと思うよ。だいたい、あんな顔をしたやつが、根がとても善良で兄貴分によくしたいとばかり思って探していたなんてことはありえないんだからさ」

「それについては大丈夫だ。心配するな」

「じゃ、もういっぺんいってくる」

「大変ですわね……いまお戻りになったばっかりですのに……お疲れじゃありませんの？」

　フロリーが心配そうにいった。

「せめて、ちょっとお休みになってからゆかれたら……」

「いや、そんなひまはないいし。それにまあ、早いところすませてしまえば、あとが楽だからね。陸路なら、カシムにもうひと甘えして、馬車をなんとか都合してもらおうと思うんだよ。そうしたら馬車のなかで寝てゆかれる。正直、きのうは全然寝ていないもんでね」

「……」

リギアは用心深く何も云わずにすませたが、真っ正直なフロリーはますます心配そうに云った。

「まあ……そんなにお働きになったのですか。それじゃよけいお疲れになりますわ――どうやってそんなに、手形を手にいれたり沢山のお金を手にいれるようなお仕事をなさったんですの？　不思議なかたですのね……やっぱりお歌を？」

「ああ、そう、そうそう。そのおっさんが、とても歌の好きな男でね」

マリウスはずるそうに笑いながら言い逃れた。

「じゃ、もうひと歌いして馬車をがめてくるとするか。もうちょっと待ってて。とにかくなるべく早くひと働きしてくるから」

3

マリウスが出かけていってしまうと、もうあとは、身仕舞いをして、出発の支度をするよりほかにすることとてもなかった。その身仕舞いといっても、グインやリギアにはほとんどひろげた荷物もないし、フロリーやスーティにはさらにない。リギアが母屋で、ペンペン婆さんのいらない靴をいくつかみせてもらい、フロリーはそのなかからなんとか足にあうものを見つけることができたので、それをもらってはいていたが、きのう一日でフロリーの足はすっかり、あわない靴のせいで血まめが出来てしまっていていたいたしかった。

「でも、おばあさんが親切なかたで、いろいろ手当して下さったので、すっかり楽になりましたわ」

フロリーは健気に云った。

「それに、ゆうべからきょうにかけて、すっかり、ゆっくり休ませていただいて——もう、これからは何千モータッドでも歩けますから」

「何千は無理だと思うわよ。それに、これからはそんなに歩く必要はないんだから」

リギアは苦笑した。そして、何回も、フロリーの靴の様子を調べていた。

「まあでも、きのうよりはいい状態になったのは確実だわね。それに、新しい靴といったって、おばあさんがさんざんはいたやつだから、やわらかくはなっているから、かえっていいと思うよ。本当の新しい皮の靴じゃあ、またこの血まめのできた足がかえってすれて痛くてたまらないと思うわ」

「そうですねえ……申し訳ありません。御迷惑ばかりかけて……」

「そんなことはもういちいち云わないのよ。面倒くさいから」

リギアはつけつけと云った。

「もうこうして旅をしてる以上、一蓮托生なんだからね。毎回毎回、そんなことばっかりいっていないの。かえって鬱陶しいわよ」

「は、はい——すみません……」

フロリーはしおしおと素直にあやまったが、これはスーティにとっては、またまた「悪いおばたん」が大事な母様を苛めた、としか思えなかったとみえて、スーティはけしからぬといいたげにリギアをにらみつけていた。どうも、スーティはあんまりリギアに好感を持っているとはいえないようであった。

「本当はあてもなく出ていって探しまわるよりは、私だけが、次の宿を探しに行って、皆さんにはここにいていただいたほうがいいとは思うんですよ。でも、私が出ていくとまた、どうなるかわからないですものねえ。またあの変な傭兵がきたりすると面倒だから、一緒に出ましょう」

リギアが勘定をすませ、マリンカを連れてきたので、かれらはいよいよ出立の用意をした。このままおもてへ出てゆくと赤いめんどり旅館の横を通ることになる。そうなれば、スイランに見咎められるのではないか、というので、かれらは、こっそりと、裏から抜けだして、赤いめんどり旅館のかたわらを通らないで、このあたりを離れよう、ということに衆議一決していたし、リギアはそのための裏の抜け道についても、宿のばあさんに聞き出してきてあった。

「じゃあ参りましょう。べつだん、ばあさんたちに別れを告げなくてもかまいませんよね」

「おばあさんは、いいかたでしたわね」

「ちょっとせんさく好きではあるけれどもね。結局ミロク教徒についても、お風呂のときにいろいろ話をしたのよね」

「ええ、でも、やっぱりこのあたりだと、教会もないし宣教師様もいないし、無理かねえ、といっておいででしたわ。確かにクムのこのあたりでは、なかなかミロク教の教義をつらぬくのは大変なのではないかとわたくしだって思いますけれど」

「そうねえ。でもきっといまに少しづつそれも変わってゆくかもしれないよ。このあたりも、だんだんミロク教徒らしいものを見かけるようになってきたなんてことそのものが、これまでじゃあ想像もつかなかったですものね」

かれらは、マリンカのほうは裏の細い道を抜けるのはしんどそうだったので、リギアがマリンカに乗ってどこか買物にでも出るようなふりをしておもての道へ出て、それからぐるりとまわって裏にきてそこで落ち合うことにきめた。小屋の裏手に、まるでただの森の中の小道のような細い細い、いばらの茂みのなかに辛うじて続いている道があり、そこを抜けてゆかないと、婆さんの教えてくれた裏道にはつけなかったのだ。

かれらは支度をととのえて待った。やがて、リギアがマリンカをつないでかれらを呼びにきた。かれらは一夜をすごした小屋を出た。

「忘れ物はないわね？」

「はい……」

フロリーが笑い出した。

「というか、忘れてゆけるようなものを何にも持っておりませんわ」

「ほんとね」

いばらの茂みのあいだをぬけてゆく道は、道ともいえないようなもので、ことにグインの巨体が通るにはけっこう大変であったが、なんとかそこを通り抜けると、細い、誰もう通っていないようにみえる、森かげのひっそりとした小さな道に出た。その道は、赤いめんどり旅館が面しているおもて通り――といったところで、それも赤い街道ではなく、ごく小さな脇街道だったのだが、それの半分もない小さな道で、森と森のあいだをぬうようにして続いており、どこにも、通ってゆく人影ひとつ見えなかった。だがそれはまた、かれらにとってはかえって好都合であった。

グインは、マリウスが新しい偽装を考えてくれるまでのあいだ、またミロクの巡礼姿に戻っていたが、病気のふりをするのはやめて、普通に歩いていた。フロリーが足が痛そうなのをみて、リギアはまたマリンカに乗るようにいい、フロリーとスーティをマリンカにのせて自分はそのくつわをとって歩いていた。そのまま、かれらは、ひとけのない細い道を歩いて、また港のほうへ下っていった。

まだようやく昼になるならずのころあいだ。日は高く、うららかで、そして気持のよい風がさやさやと吹き付けてくる。木々の緑は濃く、そして半ザンもゆかないうちに空気には水のにおいがまざりこんできた。また、湖が近くなってきたのだ。

そして、またぱっと森がきれると、目の前に水郷の鮮やかな風景がひろがってくる。かけまわるミズスマシのようなグーバ、まんじゅう笠をかぶった人々、ふくらんだパンツの裾をぎゅっとしめた、胴をあらわにした女たち、そして網をうつ漁師たち。

それは、きのうにかわらぬのどかな、有史以前から続いてきたのではないか、とさえ思われる光景だった。ここちよい水のにおいはいよいよ強くなり、微妙にまざりこんでいるのは、また、街道筋の店で魚や貝類を焼いているよいにおいだ。

「波止場までいってしまうとまた人目にたちますね」

リギアは云った。

「この裏道はなかなか静かでよかったですね。波止場のほうに降りてゆかないで、このあたりでちょっとしばらくのんびりしていていただいて――あたしはそれじゃ、それとなく今夜泊まれる場所を一応あたってこようかな。今度はあの傭兵みたいなのにぶつからないように、もっと孤立している場所で、ほかの客のいないところがいいですね。ちゃんと営業しているはたご屋よりも、どこかの農家の納屋かなんかを貸してくれないかと頼んだほうがいいかもしれないな」

「世話をかけるな」

「それじゃ、じっとしていて下さいね。昼のお食事もついでに何かを適当に手にいれてきますから」

リギアがマリンカに乗ってひとりでまた離れていってしまうと、グインとフロリーとスーティとがまた取り残された。もう、こういう状況にもかなり馴れっこになってきていたが、むしろフロリーのほうは、このさきのことがしきりと気になるようだった。

「どうなるんでしょう、わたくしたち――そんな旅芸人の一座なんて、およそ……わたくしには無理のような気がするんですけれども……わたくし、さっきからそのお話をきいてからこっち、どうもとても緊張してしまって……」

「なに、お前たちにまで何かやれとは云わぬだろうさ。それにそういうことこそマリウスにまかせておいたらいい」

「ええ——ほんとに、わたくし、何にも出来ないんです。悲しいくらい……」

「そんなことはない。料理もうまいし、裁縫も、それに菓子を焼いたりするのもうまい。そういうことはまた出来ないやつもいるだろう。いまの場合だから何も出来ぬような気がしているが、じっさいにはそんなことはない。気にすることはないさ」

「ええ——でも……」

スーティは、おとなしく馬にゆられてまわりの光景をあくことなく眺めていたが、マリンカがリギアとともにいってしまうと、たちまち退屈したらしく、グインに「おじちゃん、剣術ごっこしようよ。しようよ」とせがんだ。グインはしばらくスーティの相手をしてやっていたが、なかなかマリウスも、リギアも戻ってこなかった。うららかな日が、誰にも邪魔されぬまま、のどかに中天にのぼり、そしてゆるやかに西のかたへと動いてゆく。リギアがようやく戻ってきたのは、スーティが退屈して駄々をこねはじめたくらいの時分であった。

「すっかり、お待たせしてしまいましたね。一応、なんとなくここでなんとかなるかというような農家は見つけたので、そのことを、マリウスさまにお伝えしにそのカシムの賭場というのを探しに行ってみたんですけれどね」

リギアは大きな籠に布をかけた包みを持っていた。

「マリウスさまには会えなかったので、伝言だけ頼んできましたが、一応ここにいる、ということだけは伝えて地図を書いておいて、その農家におちつくのは、夕方くらいまで待ってからにしようと思います。いったんまた奥まったところに入ってしまうと、動きにくくなりますしね。こちらは何もかわったことはございませんでしたか」

「ああ、今日は誰ひとり通るわけでもないし、嘘のように静かだった。このようにずっとひとけのない街道が続いてくれれば、そんなおかしな偽装などせずともすむのだがな」

「とりあえず、お昼御飯に何かいろいろ食べられそうなものを買ってきたから、お腹ごしらえして下さいな」

リギアは買ってきたものを並べはじめた。スーティはそれをみて喜んでおどりあがった。朝食が軽めだったので、すっかり腹を減らしていたのだ。

「人里のよいところは、食べるものを手にいれたり、いるものを入手するのに困らないことだけですね」

リギアは自分も買ってきたこのへんの名物だという「バルバル」をほおばりながら云

った。

「そのほかは、ほんとに、人間たちなんて、たくさん集まっていればいるほど私利私欲が乱れとんで、あれこれのおもわくがうずまいて、本当に鬱陶しいことだ。そう思うとねえ、私もけっこう長いあいだあちこち旅してきましたから、もう、ときたま、本当に人間なんかまっぴらだ、こうしてもっともっと山深い、フロリーさんの暮らしてたようなあの雨が池のほとりみたいなところにひきこもってひっそりと暮らしていたいな、なんて思ったりするんですよ。――もっとも、あたしのことだから、ものの十日も、いや三、四日もそうしていたらもう退屈してしまって、こんな何ひとつないところ、まっぴらだと思うのでしょうけれどもねえ」

「まあ、つまるところ、人さえいなければなにごとも起こらんからな」

　グインは笑った。

「逆にだから、よいことも、喜ばしいこともまた持ってきてくれるのはひとでしかない、ということだろう。そう思えば、まったくひとのおらぬところ、というのも、それはそれで何もはじまらず、何も動かないゆえ、どうにもならぬということになるのかもしれぬ。――が、まあ、俺にとっては、どうすれば、安心してこの顔を出して歩けるか、ということを考えると、誰もいなかったあのルードの森の辺境はなかなかにいごこちがよかった、と思わぬわけにはゆかぬがな」

「いまは、記憶をなくしていらっしゃるからそう思われるかもしれませんが――」

リギアは慰め顔にいった。

「本当は、そうしてお顔を出して堂々と歩いていらしたところで――そんな、旅芸人だの、変装だのということなしでですよ。ちゃんと『ケイロニアの豹頭王』として行動されてさえいれば、誰ひとり驚く者も、怯えるものもございませんのに。ただ、こともあろうにケイロニア国王ともあろうおかたが単身でこんなところを旅しておられる、ということが知られれば、それはもう大変な騒ぎになるでしょうし――どちらにせよ、陛下は大変は大変でおいでかもしれませんけれどもねえ。それは、でも、王族、皇族の宿命というものですわ。マリウスさまだって、ああしてのんきにしておられるけれど、本当の素性が知れたらそうはゆきませんよ。それに、パロにもどればあのかたは――パロ宮廷は、王位継承権者の行方をめぐっておそらく相当に血眼になっているでしょうから、ひとたびマリウスさまが戻ってこられれば、たぶん、なかなかもう、今度は自由にまた逃げ出して旅にというわけにもゆきませんでしょうね。そのことは、わかっておられるのかしら。パロでは、ほかの国とちがって魔道師がたくさんいるんですから、マリウスさまだって、いったん逃亡しても完全に消息をたつってわけにはゆきませんよ。ひもつきで遊んでいる程度のものになってしまうでしょう。かつて、家出されたときだって、マリウスさまはご存知ありませんでしたがずっとかなり長いあいだ魔道師がマリウスさまの安全をかげながら護衛していたんですから。――ああいう御身分に生まれてしまった、ということは、そんなに簡単にはどうにかなるものではないと私は思うんですけどねえ。まあ私もそれをいったら聖騎士侯の娘ですけれど、最初から落ちこぼれですから、その点だけはいたって気楽です」

「いろいろと大変なのだろうな。それを思うと、ますます、ケイロニア宮廷にいまの俺がそのまま戻ってはならぬだろうな、という気がしてくる」

グインはうっそりと云った。

「記憶が戻ればどう思うかはわからぬが――ともかく、いまの俺は、まずは、おのれの記憶を取り戻す、ということだけで精一杯ということでな」

「本当に記憶を喪っていらっしゃる、というのが、どうしても信じられない感じなんですけれどもねえ」

リギアはさいごの「バルバル」を食べ終えて、指をそのへんの草の葉でぬぐいながら云った。

「おお、これは甘くて辛くて……なかなかとんでもない食べ物だこと。悪くはないけど、本当になかなか甘くて辛くてのどがかわくわ。こっちに、一応馬乳酒も買ってきましたので飲みましょう。スーティにはこのカンの汁をうすめたジュースがいいと思うわ」

「誰かが近づいてくる」

グインが突然に云ったので、みなが緊張した。だが、すぐに、グインは耳をそばだてた。

「いや、緊張することはない。あれはマリウスだ。ここをたずねあててきたのだな。マリウスは便利でよいな。あの歌声ですぐ、そうとわかる」

「まあ、その点だけは、根っから陽気なかたですけれどもねえ」

リギアは云った。そして、食べ物の残りを片付けにかかった。

確かにそれは間違いようもなく、マリウスの歌声であった。これほど朗らかで、これほどよく通って、そしてこれほどきれいな歌声というものはそうそうはなかっただろうから、どんなに遠くからでも、それは聞こえてきさえすればマリウスの歌だとわかっただろう。

(ぼくはひばり　ひばりは一日歌うよ　恋の歌を歌うひばり　悲しい歌は似合わない)

即興で歌っているのか、それとも古い古い昔からあった歌なのか、グインには知るよしもないが、朗々と歌いながら近づいてくる声には、しかし、同時に、ひづめの音やからからというわだちの音が混じっていた。マリウスはある程度、おのれの前触れを意識している部分も確かにあるらしく、その声は、いつもよりもいっそう朗々と響いていた。

「おにいたんだ」

スーティが嬉しそうに飛び上がった。

「まりうすのおにいたん」

「ほんとに、いいお声ですわ」

うっとりとして、フロリーが云った。それから、リギアにじろりと見られて恥ずかしそうに頬を染めた。

そうするあいだにも、マリウスの歌声と、そしてわだちの音とひづめの音はどんどんこちらに近づいてきて、やがて森のかげを抜けたとたんに、陽気に手をふっているマリウスのすがたがかれらの目にはいった。それはだが、なかなか、かれらの想像していたような姿ではなかった——マリウスは、もう、これまで身につけていたおとなしい吟遊詩人の三角帽子ではなく、同じ吟遊詩人の帽子ではあるがずっと派手な、てっぺんに色とりどりに染めた鳥の羽根をつけ、ふちにたくさんの小さな鈴をつけた三角帽子をかぶっていた。その上、いつもの茶色い胴着の上に、袖のふくらんだ、しゅすの水色と黄色のたてじまのとても派手な上着を着込んでいた。その背中に背負ったキタラはいつもとかわらなかったが。そして、なんとマリウスは、一頭の馬がひく、小さな白と茶色で陽気に塗り分けられた無蓋馬車に乗っており、その御者台で楽しげに栗毛の馬を操っていたのであった。

「おーい」

マリウスは歌をやめて手をふった。そして、ちょっと鞭をあてて、馬に足をはやめさ

せた。

「どう、すごいでしょう、これ」

近くまでくるなり、馬車から飛び降りて、手柄顔に叫ぶ。

「あっという間にこれだけの収穫って、なかなか僕って天才的だと思わないかな。ほかにもいろいろあるんだよ」

「お帰りなさいませ」

フロリーが頰を染めながら駈け寄ってゆく。スーティもまろび寄った。

「いったい、どういうことです、そのなりと、この馬車――」

「いや、だから『豹頭王グイン一座！』だっていってるじゃない」

「それはわかってますよ。こんなもの、いったい、どうやってお手にいれたのかときいてるんです。それなりにお金がいったでしょうに――そんなにわるいことをなさったんですか」

リギアがちょっとマリウスをにらんだ。マリウスは心外そうに肩をすくめた。

「そうじゃないってば。実はね、あの白鳥号を売り払ってしまったんだ。陸路でゆけばいいことになったんだし、もうあの船は必要ないだろ。だから、あの船とこの小さな馬車を交換しちゃったんだよ。あの船はとてもいいものだったから、かなり高く買ってもらえたからね。この馬車を買ってもまだとてもたくさんお金があまった。これはみんなカシムのところでゆずってもらったんだけど、みんな安くしてくれたし。——おまけに、これからこれはぼくがやることなんだけど、これを見てよ！」

マリウスは、白に茶色で瀟洒なへり模様を塗り立てた無蓋馬車の扉をあけてみせた。それは、うしろにぴったりと折れかえるように作られており、そうなると、裏側はさらにきわめて派手な、オレンジ色や緑や赤で陽気な風船の模様のふちどりがされた看板になっていた。まだそこには何も描いてなかったが。

「塗料もちゃんと持ってきたから、これからぼくがここに『当地初お目見得！　伝説の豹頭王一座来たる！　吟遊詩人マリウス一座』って書くんだ。まかせてよ、そういうのも得意だから。そうしてみんなはね……」

マリウスは、リギアの呆れ顔や、フロリーの困惑した顔などまったく平気で、馬車のなかに積んであった袋のなかみを街道わきの草の上にぶちまけた。

とたんに、きわめてにぎやかな色合いが、白茶けた草と木々の緑と空の青ばかりのしずかな森かげのそこにあふれ出した。

「どうこれ！」

マリウスはひどく得意顔でひとつをつまみあげてひろげた。

「これは、リギアの服。これは、スーティに着せようと思って、子供用の道化服。こっちが、豹頭王様にかぶっていただく、道化芝居の冠。そうして飾り帯だの、ニセの芝居用の飾り剣だの――それから、にせの宝石をちりばめたマントだのね。それからこのドレス、これはどうあってもフロリーに着てもらわないといけないんだ。フロリーは何もできないといってたから、せめてこれを着て馬車に乗って、宣伝娘になるんだ。この一座の看板だね。そうして、でも、恥ずかしいだろうから、顔にはこれをつけていいよ。ほら、このきれいな仮面は、クムのお祭りのときのやつなんだ。そうしてこのヴェールをかむれば、もう全然顔なんかわからない」

「ま――まあ……」

「そうして、ここにほら、紙吹雪のもとになる色紙をたくさん買ってきたからね。あとで、馬車のなかで、進みながらこれを買ってきたはさみでこまかく切ってもらうよ、フロリー。そうして、町に入って、興行をやるだんになったら、ぼくがキタラをひきながら口上をのべたてるから、君はただ、にこにこしながら馬車の上から、紙吹雪をぱっとまけばいいんだ。むろんスーティも手伝ってくれるだろう」

「まあッ……」

「そうして、ここに、ほら！　これはちゃちだけど、一応立派な天幕と、それに、折り畳みの椅子なんだ。これを玉座ってことにして、グインはこの天幕の中に座って偉そうにしていて、僕はそれで行列を作って『ほんものの豹頭王』をひと目見ようとやってくる善男善女から小銭をいただく。そして、グインはその連中に『ウム』『ウム』とか

『大儀であった』とかなんとか、ひとことづつおおようにかけてやればいいんだ。――そうして、リギア、このぴかぴかした胴着と鎧飾りをつけて、グインとひと勝負してみせるんだよ。もちろんリギアもグインも芝居のニセ剣を使うんだ。そうして、リギアはグインに剣をはねとばされて『参りました、豹頭王さま』って云えばいいんだ。――それだけで、ぼくたち一座は何ひとつあやしまれることもないままに、大評判をとりながら、金もかせぎながら楽々と、こんどはフロリーは足を痛くすることもなく、スーティも楽々とすわったままで、ルーエまで下れるんだよ。――ルーエでは大型の船を探せば、こういう小型なら、馬車ごとのせてくれる渡し船もある。それでヘリムにわたって、そこでまた興行を再開するんだ。――でもって、自由国境とパロ国境を大評判のまま通過する。――だけど、さすがにクリスタルが近づいてくると、この大評判がリンダ女王の耳にも入る。――いったいそれはどういうことなの？　って彼女は云うね！　そうして、必ず、『私の親友のグインを詐称するものがいるなんて許せないわ。いますぐに、かれらをとらえて私の前に連れていらっしゃい』っていうだろう。もちろんぼくたちは何もさからったりしないでパロの兵隊にとらえられる。そうして、あとはパロの兵隊たちが誰よりも安全にぼくたちをクリスタル・パレスに連れていってくれる。きびしい糾明をするためにそのふざけた一座を審問の場に呼びつけて、そうしてあらわれたリンダにむかって、ぼくたちはいうってわけだ。『やあ、リンダ！　いま帰ってきたよ、しかもグインも一緒に！　長いあいだ、心配をかけてごめんよ！』って。――なんて、素晴しい計画だと思わないかい？　完璧だよ。まさに、完璧！　だ」

4

「まあ――完璧――かも、しれませんけれどもねえ……」

リギアは、なんだかひどく文句がありげであった。

「ですけど……でも……」

「こ――このドレスを――あたしが？」

フロリーは仰天して、悲しそうにそのドレスを見つめていた。それは、とてつもなく肩を露出している上に、そこにふんだんにリボン飾りがついていて、すそもウエストもみな赤いしゅすのリボンで派手やかに飾られているので、しゅすの赤いリボンの飾りをつけた、祭りの日の祝い木のように見えた。おまけにそれの地色は緑色だったので、ますます、それは祝い木そのものであった。しかもその下スカートは鮮やかなバラ色であった。なかなか華やかで、きれいなドレスではあったが、けばけばしいには違いなかった。しかも、マリウスがつけろといった仮面は、ふちどりに羽根飾りとにせ宝石とがついた、きらきらと光るものであった。

「あなたは、それでもいいじゃないの。顔を隠してしまえるんだから」

リギアはなんともいいようのない顔で、じっと、マリウスが、『リギアはこれを着て』といってリギアの前に放り出した、いささかこっけいなオレンジ色と茶色のななめ縞の飾り帯をつけた飾りよろいを見つめていた。おまけにふちかざりのあるぴかぴかしたサテンの安物のマントもついていた。それに銀の、うろこ状に光る小片を一面にちりばめ、その上に色どりゆたかに光る赤や青の小片を縫い取って華やかな模様にした幅のひろいサッシュベルトもついていた。おまけに、ふくらんだ騎士の足通しがついている。

「あたしがこれを着るんですの？　聖騎士侯ルナンの姫君リギア聖騎士伯が？　この安っぽいおそろしい田舎芝居の衣裳を？」

「だってまさにこれはカシムの倉庫にあった田舎芝居の一座の持ち物だったんだもの」

朗らかにマリウスは云った。

「大丈夫、リギアもこれをつければいいんだから、少しの恥ずかしいこともありはしないよ。ほら、これ」

マリウスは衣裳の入っていた箱――それも極彩色に青や緑や黄色や赤で彩られていたが――のなかから、するどく両側に尻尾が切れ上がっている、ふちどりにやはりきらきらする小片がずらりとはりつけられた半仮面をとりだした。

「これで顔を隠して、唇はうんと下品に分厚く口紅で描いてね。もちろん舞台用の化粧道具も全部そろえてきた。この一座は、芝居を見せてあちこちをまわっていたんだけれど、座がしらのじいさんが馬鹿で、カシムの賭場ですってんてんになり、もう何ひとつ財産はなくなるまでまきあげられてしまったので、かわいそうに、いのちをおとすか、一座の娘たちを女郎屋に叩き売るか、それとも道具一切合財を全部おいてゆくかとおどされて、道具をおいてゆくことにしたんだそうだ」

「まあ、可哀想な。一座が全部芝居の道具をなくしてしまったら、そのあとその一座はいったいどうなったんでしょう」

フロリーが叫んだ。マリウスはにっと笑った。

「道具がなくても女の子たちがいるんだったらそりゃクムじゃあ、すぐにお金は集まるさ。だけど、道具があっても女の子がいなくて、じいさんの座がしらだけじゃあ、どうにもならない——ここからまた、地方へ巡業してゆこうなんてやつはそうは簡単にめっからないだろうからね。しかも育てるまでに時間がかかるし。——それで、じいさん、道具のほうを手放したんだろう。賢い選択じゃないの。——さすがに旅芸人は抜け目がないと思うよ。そのおかげで、ぼくたちは、いろんなもの一切合切が入った道具箱と、このけばけばしい旅芸人の馬車とを手にいれることができたってわけだ。このちっちゃな小馬はそれとは別に、ちゃんと馬車屋でそれなりのお金をはらって手にいれたものだけれどさ」

「………」

グインはトパーズ色の目を光らせながら、そのちゃちな、銀紙をはりあわせた上にきらきらする例の小片をたくさんくっつけて作った王冠と、厚紙で作った上に金色や銀色の紙をはりつけて作ったらしい剣を眺めていた。マリウスはすすめた。

「ねえ、グイン、この衣装を付けてみてよ。みんなも着てみて――ちゃんと、箱のなかに折り畳みの鏡も入っているからね。じっさいこの箱ときたらすごい魔法の箱なんだ。なんだって出てくる！　さあ、ちょっと着てみてよ。それからぼくは一座の看板作りにとりかからなきゃならない。それが半ザンで出来上がればまだ日は高いから、さっそく出かけられるよ。――本当はタルドの町でためしに最初の興行をうちたいところなんだけど、あの変な傭兵のこともあるし、きのうとかけっこう、衛兵ににらまれたりしているから、業病のミロクの巡礼の話はどうなったとつっこまれると困る。タルドじゃあ興行しないで、そのまま東ルーアン街道を下っていって、今夜はいろいろ芝居のお稽古なんかしてみて――擬闘のだんどりだって決めておかなくちゃいけないしね。そうして、まあこの天気だったら今夜は野宿でもいいし、手頃な農家がとめてくれたら、そこでちょっと興行をみせてみて、うまくゆくかどうかやってもいい。うわあ、わくわくするなあ！　ぼくはこういうこと、大好きなんだ！」

「あたしはとってても不幸ですよ」

リギアがなさけなさそうに云った。

「あたしはこういうことは大の苦手なんです。宮廷の仮装舞踏会だって、なにをたわけたことをとずっと思っていたんですから。おまけに、このたわけた衣裳！　これを着たあたしを想像してみてくださいよ！　きっと、ほんとに道化役者そのものですよ」

「だって、道化役者に化けようというんだからさ」

心外そうにマリウスは頬をふくらせた。

「道化役者そのものに見えたら大成功じゃないか。それじゃ、なにかい。リギアはぼくのこのすばらしいアイデアは気に入らないってわけ」

「そうじゃない、そうじゃありませんよ。着ますよ、着ますけれども、ちょっとだけ、心の準備をする時間が欲しいだけです。しかもこういう人けのないひっそりしたところじゃあなくて、にぎやかな人里でやらかすわけでしょう。——おおいやだ。そりゃ、名案だということは認めますので、仕方ない、なんでもやりますけれども、どうか、あたしが喜んでやってるとはお考えにならないで下さいよ。こんなことは、あたしの趣味嗜好のなかには、生まれてこのかた一回だってあったためしがないんですから」

「だって、アムブラの学生たちのまつりはみんなもっとへんな手作りの仮面をつけて、とてつもない格好をして夜っぴて大暴れするじゃないか」

マリウスは不満そうにいった。

「ああいうのは、平気で、旅芸人の格好はおかしいと思うっていうのは、なんだか、変な話だよ！　そりゃ、偏見っていうものだ。ねえ、スーティ、きれいだよねえ、このおべべ」

「ちれい」

スーティは厳粛な顔でそれらのきらきらするがらくたの山を検分していたが、重々しく託宣を下した。

「みんなとってもちれい。すーたんしゅき」

「ようし、すーたんはいい子だ」

マリウスはまた笑顔になった。

「さあ、着てみてよ。グインも、これを身につけてみてよ。一番心配だったのがグインだったんだから。なんたって、普通の大きさじゃあないんだからね！　もしも駄目だったら、フロリーに、大きさを大急ぎで明日のお披露目興行までのあいだに直してもらわなくちゃならなくなる。いろいろ、大変なんだよ、旅の一座の舞台裏は。――それにフロリーにだっていろいろと仕事があるよ。いや、一番あるかもしれない。衣裳ってのはわりとすぐ破れるからね。直してもらわなくちゃいけないし――もちろん針箱も入ってるよ――それに、チラシも作ってもらわなくちゃいけない。それも、紙吹雪といっしょにまくんだ。いやあ、なんだか、楽しいなあ。こんな楽しい逃避行なら、何回してもいいな」

「………」

グインは、黙ったまま、そのとてつもない色あいのかざりがついたびらびらしたマントをおのれのマントをぬいで肩にとりつけ、胸にななめにまわす飾り帯を手にとった。

「これはどうするのだ、マリウス」

「悪いけれど、上半身は裸になってよ、グイン。そうして、そのたくましい筋肉をみせてほしいんだ。そうして上半身はその飾り帯とマントだけ。あ、腕にはこのほんものの籠手あてに飾りをつけたやつをつけてほしいんだけどね。神話時代の剣闘士みたいな格好になると思うよ。そうしてこの冠をつけてね」

「ウーム」

唸ったものの、グインは素直に着ていた服と、皮のがっしりと幅広の剣帯をとり、たくましい上体をあらわにして、そこにそのとてつもなく派手な色合いの飾り帯をしめた。それは右肩からまわして左の腰へおろし、そこで一回とめてから腰まわりにぐるりとまわして、右側で結んで垂らすようになっており、その左腰のところに剣をつるすためのとめひもがついていた。

「あいにくだが、これは全然俺には小さいようだぞ、マリウス。腰はまだなんとかまわせるが、肩からかけたところで、胸の半分くらいしか届かん」

「うわーっ」

マリウスは奇妙な悲鳴をあげた。

「やっぱりそうか。思っていた何倍もやっぱり、グインはすごいんだ。――すごい筋肉だものなあ。胸板のあつみも尋常じゃないし。そりゃ、ふつうの大きさのものじゃあ、どうにもならないね。うーん、これはどうしたらいいんだろう」

「あのう、マリウスさま」

フロリーがいった。

「失礼ですけれど、わたくしにまかせて下されば――これは、あまりにも大きさが違いすぎて、布をたしたところで、とうてい陛下のおからだにはあいませんわ。それよりも、いま陛下が使っておいでのこの御本人の皮の剣帯、これをこのままやしていただいて、そこに、わたくしがうまく切ったりはったりして、このぴかぴかした飾り帯を飾りになるようにぬいつけます。そうしたら、逆に陛下も、いつも馴れてらっしゃる剣帯をそのままおつけになれますわ。――いま拝見しましたら陛下はほんとに信じられないほどお胸の筋肉が発達しておいでになるので、こういうふつうの、しかも安いのびのない布地なんかでは、いくらのばしても、陛下がうん、といって胸に力をお入れになったら、たちまち切れてしまうと思います。剣帯は御自分ので、それにかざりをつけてきらびやかにすればよろしいんでしょう。同じように、いま陛下が肩にかけられたのをみますと、飾りマントもちょっとあんまり小さいようですから、これも、陛下の本当のマントに、その上から飾りにつけたらいいのではないかと思います。うまくやれますわ。そういうことは、わたくし、とっても得意ですから。それに早いですし。マリウスさまが看板を書き上げていられるあいだに出来ますわ」

「おお」

マリウスは喜んで手を叩いた。

「君って素晴しいよ、フロリー！　なんてすごいんだろう、それじゃ、もうすっかりきみにまかせたよ。ほかのひとたちのも、何か君にまかせておけばよくしてくれそうだ。すごいじゃないか、この一座って、ぼく、なんだかとてもうまくいきそうな気がしてきたぞ」

「それは、どうだかわかりませんけれど、じゃあとにかくやってみますね。陛下、剣帯とマントをおあずかりしますので、お寒いですから、胴着とそれからこの巡礼のマントをつけていらして下さい」

「その前にきみも着てみるんだよ、これ」

「わ、わかりました。ちょっとあちらをむいてらして下さいね」

フロリーは自分のことになるとちょっとうろたえながら、マリウスのもってきた、とてつもない緑とピンクと赤の衣裳を着込んだ。フロリーはあまりにほっそりしていたので、その衣裳はちょっとあちこちフロリーには大きかったが、しかし、「よろしゅうございます……まあ、私、恥ずかしいわ」という声でふりむいたマリウスは、歓声をあげて手を叩いた。

「可愛いじゃないか、フロリー。ちっとも派手すぎることなんかないよ！　充分にかわいらしいし、それに、すてきだ。布地がこんなにちゃちなやつでなければ、このまんま仮装舞踏会に連れてゆきたいよ。クリスタル・パレスのね」

「ま……」

「あたしは、わかってるから、着なくてもいいでしょうね」

なさけなさそうにリギアは云った。

「この年になってこんな思いをするとは。まあ、仮面があるから、まだしもですかねえ」

「駄目だよ、直しがあるかもしれないんだから、ちゃんとちょっと着てみて。スーティにも着せてやって。ぼくだってほら、もうとっくに着てるんだから」

「ああ、ああ、マリウスさまはお似合いですけれどもね」

リギアは嘆息し、だがリギアのほうはそのままよろいの上につければいいものばかりだったので、あきらめてそれらを装着にかかった。

フロリーは自分の着ているドレスのあちこちを、マリウスが箱からとりだしてわたした裁縫箱のなかからまち針をとりだしてつまみ、どのくらいちぢめればいいかをしるしをつけた。それから、針に気を付けながらスーティにも衣裳を着せてやった。その子供服はおそらくは三歳から五歳くらいまでの子どものためのものだったのだが、スーティは子供としては非常に大柄なので、何の苦もなくぴったりと似合った。はなやかな青や黄色や赤の水玉をちりばめ、えりとそでと足首に白いフリルをとりつけた子供用の道化服は、浅黒いスーティにぴったりと似合い、鏡をみせてもらったスーティはきゃっきゃっと嬉しそうに笑い出した。それへ、マリウスは、同じ青に黄色のだんだら縞の三角帽子をかぶせた。

「わあ、なんて可愛いんだろう。スーティ、とっても可愛いよ。肖像画にしてのこしておきたいくらい可愛らしい。子供はトクでいいなあ」

「ま……スーティ、本当に、可愛いこと」

フロリーはちょっとうっとりしていった。それからあわてて、リギアの着替えを手伝った。

リギアのは、マントをかえたり、飾りよろいを本当のよろいの上につけるだけだったので、ごく簡単だった。マリウスはグインの頭の上に、例のちゃちな厚紙の冠をかぶせた。

「本当は本当にケイロニアの日宝冠をいただいていた頭が、この道化の冠をいただくっていうのは、なんとも皮肉なことだな！」

マリウスはつぶやいた。

「これもたぶん、豹頭王のサーガをあとになってぼくが歌いつぐときには、一番、何回きいてもひとびとが目をまるくし、『それからどうなったんです？』と身をのりだすような一節になるに違いない。誰も、本当だとは信じないかもしれない——よりにもよってほんものの豹頭王が、『豹頭王その人をよそおう』道化役者に化けて無事にクムの国内を抜けようともくろんでる、なんてね！　ああ、でも、なんだかぼくはすごくわくわくするよ！　でも、看板を書かなくちゃ。それに、チラシも作っておかなくちゃならない。それは、グインとリギアにも、ぼくが見本で作ったのを、そのようにたくさん書いて作ってもらわなくちゃならない。そう思って、紙も、塗料も、いろんなペンだの筆だのもちゃんと買いそろえてきたんだよ。——じゃあ、ちょっと待ってね。ぼくは看板をまず書いてしまうから。そのあいだにフロリーは何はともあれ、『にせ豹頭王』のお衣裳のほうを頼むよ」

「わかりました」

「リギア、すまないけどスーティを頼むね」

「わかりましたよ。それじゃ、あの来るときにちょっと小川をこえてきましたね。あそこまでいって、マリンカを洗ってやってきますよ。スーティ、いらっしゃい。マリンカをきれいきれいにするのを手伝ってやってちょうだい。きのう、宿で洗ってもらったけれど、マリンカは水浴びが大好きだからね。なるべく、機会があれば、させてやるのよ。そうしたら、いつも元気で一緒に旅をしてくれるから。——その栗毛の子もよく見るとあまり手入れされてないと見えてずいぶんほこりだらけね。それじゃ、当分は馬車は動かさないでしょう。じゃその子もあたしが連れてって洗ってやろう。——その子じゃ困りますね。何か名前をつけてやって下さいな。あたしがつけてもいいけれども」

「そうだなあ。それじゃあ、おとなしそうな栗毛だから、神話のなかに出てくる栗毛の牝馬の名前をとって、ゾフィー、という名前にしてやろうよ」

「わかりましたわ。それじゃ、ゾフィーをひきづなからはずしてやって下さい。あたしはスーティを連れて、ゾフィーとマリンカを洗ってやりにいって、ついでにゾフィーとちょっと仲良くなってきますよ。ああ、でもその前にそのとっぴな道化服は脱いでちょうだいね、スーティ。そんな格好の子供が水遊びをしているところを万一このあたりのものに見られたら、かえってあやしまれて大変なさわぎになってしまいそうだわ」

それは、奇妙な——

だが、マリウスのいうとおり、長い苦難にみちた旅のなかの、なかなかに忘れがたい牧歌的な一日になった、といえた。

リギアが二頭の馬——マリンカのほうが、ゾフィーよりもはるかに大きかったが——

をつれ、ゾフィーの背中にスーティをのせて、小川へと出かけていってしまうと、マリウスはせっせと塗料を使って、馬車の扉の内側に、『当地初登場！　ほんものの豹頭王来たる！』という大きな看板を描いた。それから、そこに、器用に豹の頭に冠をのせた絵を描いて黄色と黒と銀色とでぬりわけ、大きな牙をむいている顔に描いた。それから、その下に、『お代は見てのお帰り！　史上最高の戦士の戦いが生で見られる！』とおどるようなやや小さめの字で描き、そのまわりを一文字一文字色をかえながらきれいな色で囲んだ。揚句に、あいている場所にせっせと剣だの、王冠だの、といったいかにもそれらしいものをきれいに色塗料で描きこんだ。

マリウスが悦に入ってそうやって看板画家をつとめているあいだに、フロリーもせっせと働いた。フロリーも、自分が馴れていることを出来るのがとても嬉しそうであった――この旅に出てからというものは、ずっと、足を痛くしたり、ただのお荷物でありつづけて、フロリーも悲しい気持でいたのだろう。だが、いまやフロリーもいかにも楽しげに、せっせと衣裳をつくろい、グインの剣帯やマントにけばけばしい飾りをとりつけて、それをみるからにちゃちな旅芸人の衣裳に見えるようにとたくみな手腕を発揮していた。確かにフロリーの手さばきも針あつかいもみごとなものであった。それから、次にフロリーは自分のドレスを、ぴったりになるように直しはじめたが、これもいかにも手早くて、ガウシュの村でとても信用されていたお針娘のすがたをほうふつとさせた。

グインひとりがそのあいだ、することもなかったが、べつだんそういうことには馴れていたので、グインのほうは平気でそこに座ったまま、剣の手入れをしたり、あれこれと馬車のようすを見たり、それもおわるとあとはのんびりと座って二人のようすを眺めていた。マリウスはいよいよ興に乗ってきて、また朗らかに歌いながら仕事をしていたので、フロリーも嬉しそうだったし、グインも退屈することもなかった。

マリウスもまことに手早い絵描きだったし、フロリーは熟達したお針子であったので、ものの一ザンくらいのあいだに、それらの仕事をすっかりすませてしまった。リギアがスーティと馬たちをつれてぼくぼくと埃だらけの道を戻ってくるころには、マリウスは描き終わった看板をご満悦で眺めてから、それをかわかすためにそのままにしておいて、こんどはチラシを描きにかかっていたし、フロリーは直した自分のドレスをまた着てみて、それがぴったりになったかどうかを確かめていた。

「この、肩だけは、わたくし、どうしてもこんなに露出する自信がないので、こっちのヴェールのチュールを拝借して、ここにちょっととりつけてしまいますね」

恥ずかしそうにフロリーはいった。

「そうしたって、デザインはかわらないばかりか、かえっておしゃれになりますよ。あんまり田舎っぽい旅芸人らしすぎるのも、かえって、お客さんたちに馬鹿にされてしまうでしょう。——ちょっとおしゃれにしたほうがいいと思いますし、そのほうがきっとあかぬけて見えますわ。——陛下の剣帯もそう思ったので、この黄色いところはとってしまって、赤と青だけで飾っておきましたから、すこしだけ、都ふうになったと思います。でもまだ充分派手だし、ちゃんと旅芸人らしく見えると思いますけれども」

「君はこの一座の衣装屋さんなんだからね、フロリー」

楽しくてたまらぬようにマリウスはいった。

「なんでも、衣裳についてはは思ったようにしてくれていいんだよ！　そのほうがもっと格好がいいと思ったら、次の町で興行をうって、それでお金が手に入ったら何か布地を買って新しく仕立ててくれたっていいよ。そこまで、時間があるかどうかわからないけどね」

「この衣裳、あちこち縫い合わせたり、それにあまりにけばけばしいところはとってしまったりしたんで、だんだん気に入ってきましたわ」

フロリーは笑った。

「それに、古いんですけれど、ちゃんと洗って大事につくろってあって、きっとこれを前に着ていた一座の人は、大事に大事にこれを着ていたんでしょうね。そう思ったら、それを、ちゃちだのけばけばしいだのというなんて、とっても失礼なことだと思えてきました。大事に着てあげようと思います、わたくしも。——それに、この衣裳たちも、ばくち場の倉庫に入ってほこりだらけになっているより、きっと、またもう一度興行のお役にたてて、喜んでいると思うんですよ」

「きみって、優しいねえ、フロリー」

マリウスは感心して云った。

「そういうところが、好きだよ。ぼくの身辺の女性はいつもみんな気の荒い、とてつもないじゃやじゃや馬ばかりだったからな」

「じゃじゃ馬で悪かったですねえ」

リギアが怒って云った。

「あたしがじゃじゃ馬だから命が助かったところだってずいぶんあると思いますよ。奥さんもね。——そうですよ。それに、奥さんがそういうひとだから、結婚なさったんでしょうに」

「そういうわけじゃないさ。それに、いまはもう奥さんじゃない。ぼくは独身だよ」

マリウスはフロリーに聞こえるように大声で言い返した。

「それはともかく、これでようやく出来上がった。もういつでも出掛けられる。よし、出発といこうじゃないか。豹頭王グインと吟遊詩人マリウス一座の誕生だ。ハイホー！」

第三話　豹頭王登場！

1

というわけで——

いよいよ準備万端がととのい、『豹頭王グインと吟遊詩人マリウス一座』が、出発進行のはこびになったときには、もう、少し日は傾きかかっていた。

「この分だともう、今夜は初興行は出来ないね。それに、やっぱりあんまり夜になってからついた町ではようすもわからないし」

栗毛のゾフィーがひく小型の無蓋馬車にフロリーとスーティをのせ、御者席に這い上がったマリウスは云った。

「さ、乗ってみて、グイン。ちょっと窮屈かもしれないけど、これからはちょっと窮屈でも我慢してもらわなくちゃ。ずっとパロまで、この馬車で興行をうちながら旅を続けようっていうんだから」

「俺が御者席にいったほうがいいんではないのか？」

「駄目だよ、この馬車は、あのボルボロスで奪ったのと違って小さいんだから。御者席にはひとりしか乗れないし、ゾフィーが一頭でひくんだから、なるべく負担を軽くしてやらないとね。興行をうたないところではときどき降りて歩いてやってよ」

「それはいっこうにかまわんが」

グインはいったん馬車に乗ってから、また降りた。リギアはマリンカにまたがった。

そうして一行はタルドの町の町場にあまり深く入るのは避けて、裏街道からそのまま東ルーアン道へ入れるようにさらに脇道を通って、いよいよ出発した。グインの足にあわせるといっても、グインの足はきわめて速かったし、小型馬車はけっこう荷物を積んでいた上にゾフィー一頭がよろよろとひいていたので、ごくゆっくりとしかすすめなかった。本気になればグインの足のほうが早いくらいだったのだ。かれらはゾフィーにあわせて、のんびりと歩をすすめた。マリンカにとってはむろんじれったい速度であったに違いないが、マリンカはよく訓練されていたので、リギアをのせてのんびりと楽しげに歩いていた。

フロリーはマリウスに頼まれたので、小型馬車の上でずっとはさみで色とりどりの紙を小さく切り刻んでは袋にためつづけていた。それは町場に入ってきたらまくための紙吹雪であった。スーティは何かまったく目新しいことがはじまろうとしているのを、幼な心に感じ取ったようすで、目をまんまるにして無蓋馬車のへりにしがみついたまま、きょろきょろとあたりを夢中に眺めていた。一番感心して眺めているのは、かたわらを歩いているグインのようすであった。

グインはもう、フードでその豹頭を隠してはいなかった。おおっぴらにフードをうしろにはねて、誇らかにその黄色と黒の豹頭を天道のもとにさらし、その額には、銀色の厚紙で作られた冠がいただかれていた。いたって粗末な作りものであったが、グインがのせているとそれはまるきり本物のケイロニア王の冠であるようにしか見えなかった。あまりにもグインの態度物腰が堂々としていたからだろう。ちゃちなびらびらの光る布地をはぎあわせたようなマントも、けばけばしい色あいの布地で飾りを付けた剣帯も、にせものの厚紙製の剣さえ、グインがつけていると、なんとなく本物めいた光沢を放ってみえ、そこにはまさしく威風堂々としたただの本物のケイロニア王グインのすがたが出現していた。

それが、よほどスーティには物珍しく目をひいたとみえて、スーティはわくわくしながらそのグインを上から下までずっと眺めて、いくら眺めても飽きないようだった。美しくしだいに傾いてくる陽光に照り映える黄色に黒い斑点を浮かべた頭や、その額にかがやく銀色の冠をうっとりと見上げ、その幼い心のなかにこの伝説の勇士の姿はしっかりと植え付けられたのだろう。その黒い瞳はきらきらと崇拝と畏敬に輝いていた。

フロリーのほうは夢中で紙吹雪を作るのに専念していたけれども、いつも結い上げている髪の毛をおろして頭の両側で三つ編みにし、そこにも赤いリボンをつけ、まだ仮面はつけずに緑の地に赤いかざりがたくさんついた華やかでちゃちなドレスを着た彼女もなかなかに愛らしかった。化粧っけもなかったが、まだ若い彼女の肌はつややかに輝き、そして、その頰にはあざやかな血の色がすけていた——その血の色がことのほか、なまめいたバラ色であった理由も、どうやら明らかであった。フロリーがときたまそっと、御者席のほうへやる目線のなかには、つつましやかだが、充分すぎるほどに熱っぽい崇拝と魅惑がこめられていたからだ。

マリウスのほうはそんなフロリーのひそやかな視線には充分気が付いていてもいたし、また気に留めてもいなかった。背中に上等な美しいキタラを背負い、派手やかなかざりつきの三角帽子に派手派手しい衣裳を着込んだマリウスも、もともとの気品と、顔立ちのかわいらしさとで、伝説の宮廷の吟遊詩人のようにみえ、それほどちゃちでもこっけいでもなかった。ただ、まわりのおだやかな森林風景の緑のなかで、この一座が世にも華やかな色合いで目立っているのはまったくの本当であったが。

リギアはかなり抵抗して、町場にいったらつけるから、ということで、よろいの飾りは持ったまま、いつものとおりのなりでマリンカを御していた。だが彼女は無蓋馬車の護衛のようにみえたので、地味でも特にさしつかえはなかった。マリウスはいったん無蓋馬車の戸をしめたので、マリウスの力作の看板は内側になって見えなくなっていた。そのかわり、この馬車は外側を白と茶色で塗り分けられていたのだが、あまった絵の具でマリウスはその白い部分にもいろいろな絵を描いたので、ひと目でそれが普通の馬車ではないこと、旅芸人のそれであることがわかるようになっていた。

　この、お化粧をほどこした馬車に、さらにマリウスは箱のなかからとりだして、鈴をゾフィーの手綱につけた。

「興行地が近づいたらゾフィーにも花づなをつけてあげるからね」

　マリウスは朗らかに約束した。

「そしたらもっとにぎにぎしくなる。やあ、なんだか楽しいな！　すごく、いい感じじゃない！　この僕たちをみて、本当の正体がわかるやつがいたら、それはもうただ単に僕たちみんなをよく知っている人間だと云うだけでしかないと思うよ。僕たちは、いまや地上で一番安全だよ！　ハイホー！」

　まさしく、しかし、マリウスのいったとおりであるようだった。

　のどかな裏街道をぬけ、東ルーアン道にむかう、タリサ水道にそった道に入ってゆくと、さっそく、これまでしばらく見なかった人通りが復活してきた。最初にこの馬車とすれ違った漁師らしい男たち数人の群れは、意外にもこの派手派手しい一行にまったく目もくれようとしなかったのだ。豹頭王の扮装のグインにさえ、そんなものに目をくれるのは時間の無駄だ、とでもいうように、重たげな荷車にのせたたくさんの魚の入った籠を運ぶのに夢中で、まったく知らん顔のままですれ違っていったのだった。

それでマリウスは若干拍子抜けのていだったが、その次にすれちがった、頭に魚を入れた籠をのせたクムの女たちは、もうちょっと陽気であった。

「あら！」

最初のひとりが、この馬車と、そしてグインを見るなり陽気な歓声をあげた。

「へえ！　ちょいと綺麗なお兄さん、この一座は何なんだい？」

「伝説の豹頭王グインと吟遊詩人マリウスの一座へようこそ！」

ここぞとばかりマリウスが声をはりあげた。

「どうですか、かの噂に高いケイロニアの豹頭王グインのほんものにお目にかかれるんですよ！　木戸銭はたったの五ターからお志で一ターランまで！　どうです、次の興行地へおこしになりませんか！」

「まあまあ」

クム特有の、お腹を出し、ふくらんだパンツをはいた女たちは笑いさざめいて、感心したようにグインをじろじろ見上げた。

「ほんっとに、でっかいねえ！」

「よくまあこんなでっかい人を捜してきたねえ、お兄さん！　ほんとにこんくらいありや、あのうわさのグイン王に見えるじゃないのさ」

「あらあら、なんてすごい筋肉！」

「それに、その豹頭、とてつもなくよく出来てるのね！　ほんものみたいじゃないかえ」

「そりゃもう、稀代の魔道師ジュードンの傑作ですからね。ちょっとやそっとひっぱったってとれないんだからね」

「なんかずいぶん小人数の一座だけど、何を見せてくれるんだい？」

「そりゃもう伝説の豹頭王の剣技の素晴らしさと、それから、僕の素晴しい、オフィウスもかくやという歌と語りだよ。豹頭王のサーガを語らせたら中原じゅうに右に出るものはないという、『豹頭王のサーガ語り』の吟遊詩人マリウスだよ。世界じゅうの町の祭りで語ってきたんだ。どう、ここで一席」

「だめだめ、もうじき日がくれちゃうじゃないの」

「あらいいじゃないの。ちょっとだけ、聞いてゆこうよ」

「駄目だよ、帰ってこの魚が腐らないうちにこけらを落としちまわなきゃあ、父ちゃんに怒鳴られちゃう。残念だね、きれいな吟遊詩人さん。また今度ね」

「その興行、次はどこでやるのさ？　こっちからきたってことは、タリサのほうへむかってるんだろ？」

「そうなんだ。次はたぶん、タリサに入ったら興行ってことになるかなあ」

「タリサなら、いま戻ってきたばかりだからねえ。あさってなら、またたぶんゆくかもしれないんだが、それまでいたら、見に行かせてもらうよ。どうせ、お祭り広場か波止場かどっちかでお店をひろげるんだろ」

「ああ、たぶんね」

「ほんとにいいからだだねえ！」

遠慮のないクムの漁師の女たちだ。手をのばして、ひとりがグインの腕の筋肉をつまむと、いっせいにあちこちから女たちが手をのばして、胸をさするやら、腕をつかむやらしては、

「たいした堅いよ！」

「すごい筋肉だ！　こりゃあ強そうだ」

と騒ぎあった。

「ちょっと、豹頭王さん、あんたたいそういいからだしてるけど、あっちのほうもこのからだ同様ご立派なのかい？　だったら、あんたがそっちの商売するんだったら、そっちもあたしゃ興味があるねえ」

「生憎だがな」

グインが答えかけたので、マリウスはちょっと固唾をのんだ。だが、

「俺はかなり値がはるぞ。それでもいいかな」

　グインがすまして答えたので、どっと肩の力をぬいた。

「そりゃ、まあ、そうだろうね。あたしらしがない漁師の女房じゃ買いきれないだろうねえ。そのお兄ちゃんも綺麗だし」

「どこの貴族だって、喜んで買いそうな、いいからだだもんねえ。じゃあ、まあ、目の保養ってことだね」

「お姉ちゃんたちも美人ぞろいだ。こりゃ、ちっちゃいけどなかなかいい一座だね。まさかそのちびすけは売ってないだろうね」

「この子はおいらの息子だよ」

　マリウスがにやりと笑って云った。

「もうちょっと大きくなったらなかなかの美少年になるだろうと思わない？　それからだね、まあ商売は」

「結構なこっちゃ。たんとお稼ぎ」

「それじゃ、タリサでもしまた会えたら、こんどは歌を歌っとくれ。その伝説の剣技とやらも見せてもらいたいね」

「その筋肉が動くとこを見てみたいよ。ひとりで剣舞でもやるのかい」

「あたしと擬闘をするのよ、おばさん」

リギアが云った。女たちはまたわっとわきたった。

「そいつはぜひとも見てみたいもんだ。お祭りんときまでタリサにいたら、見せてもらうよ。じゃあね、しっかりおやり」

「道中気を付けてね。東ルーアン道は安全だが、あまり横道に入るとときたま追い剝ぎが出るよ」

「大丈夫だよ、この豹頭王様と女剣士リナ様がついてれば」

マリウスが云った。女たちは、親切に、マリウスに魚を四尾もくれた。

「今夜のあてにおし。じゃあねえ。面白そうな一座で、見られないのが残念だよ」

「ありがとう、おねえさんたち。じゃ、おねえさんたちもまめでね」

マリウスは云った。そして、かれらは、漁師女たちがかなり遠くにゆくまで、ぼくぼくとゾフィーを歩かせながら黙って進んでいたが、それから、マリウスが、用心深くそっちを見ながらではあったが小さく飛び上がった。

「やったッ」

マリウスが叫んだ。

「どうだい、グイン！　これで、ぼくたちはもうどこへどうやって乗り込んでいっても安全だよ！　あの女たち、最初っから、グインがにせものだと——作り物の豹頭だと信じ切っていたよ！」

「ああ、まったくだ。これはなかなかの名案だったな。お前のおかげだ、マリウス」

「いや、グインの旅芸人ぶりもなかなかのものだったよ！　最初は、商売のことといわれたとき、なんて反応するか、心配しちゃったけど」

「まあ、あの程度ならな」

というのが、グインの特に面白くもなさそうないらえであった。

「だが、本当にそういう事態になってしまっては困るぞ。そのへんは、マリウス、お前がなんとか適当に言い逃れてくれ。まあ、お前自身についてはまかせるが、他の者は誰もその、つまり、だな……」

「大丈夫だって」

マリウスはくすくす笑った。

「ちゃんと、そういうのは、うまくやるから。——そういうことについちゃ、ぼくはわれながら天才的な頭脳をもってると自負してるからね。でもとにかくこれでもう、大手をふってルーアンにだってゆけるよ。でもだから、当面はフードをかぶっていても平気だよ」

「ああ。まあいまのところはこのほうがさっぱりしていていいだろう。しばらくのあいだ、ずっとフードにたれこめていたので、なかなか気が滅入っていた」

この仕掛けが、ちゃんと功を奏することを発見したので、かれらはいちだんと意気上がって元気になっていた。最初は疑わしげだったリギアも、すっかり納得して乗り気になったようで、もうマリウスがマリンカにも花づなをつけよう、というのもいやがらなかった。

残る道程は、その日は、しかしあまりはかどらなかった。出発の時点でもう、かなり日が傾いてきていた上に、馬車のすすむ速度がかなり遅かったからだ。

それで、ようやくタリサについたときには、もう日はとっぷりと暮れていた。本当は、マリウスとしては、ともかくも東ルーアン道に入ってしまいたかったのだが、もう一夜、タリサで明かさなくてはならないのは確実であった。

「だけど今夜は、おおっぴらに旅一座として宿をとれるよ。誰にも気兼ねしなくていいんだ」

マリウスは嬉しそうにいった。

「鑑札もあるし。この豹頭は魔道の仕掛けでとれないようになってる、と最初にふれておけば、驚かれはしても、このまんま公衆浴場にも入れるし、食堂で食事も出来るよ。ほんとに我ながらこれは妙案だったなあ」

確かに、タルドでのあの苦労を思えば嘘のようであった。

タリサの町は、なかなか大きかった——少なくともタルドとは比べ物にならなかった。それはまぎれもない水郷の町で、小オロイ湖も、小なりとはいえ、かなりの広さをもつ湖である。それの大小をいうのは、中原最大の海とさえいわれる大オロイ湖と比べてのことでしかなく、たとえばマルガのリリア湖と比べれば、小オロイ湖はその倍以上もあるのだ。そして、タリサ水道を最大のものとして、網の目のようにはりめぐらされた大小の水道、つまり運河が、その小オロイに流れ込んでゆく。

小さいほうの運河では、本当に一人乗り、二人乗りのグーバしか通れないが、大きめの水道には大きめのグーバが通っているし、タリサ水道ではかなりにぎにぎしく大きな、二十人乗りくらいの定期船もゆきかっている。タリサ水道のまんなかにはずっと点々と竹の境界が綱につながれて通っていて、のぼりと下りがぶつかりあうことのないよう、きっぱりとわけられている。

タリサの町では、まぎれもないクム風俗がきわめて純粋に保持されており、かえってそれは諸外国の影響を受けている首都ルーアンよりもそうした地方都市のほうが純粋だといわれる。まんじゅう笠の群れがグーバをあやつり、婦人たちの服装もいかにもクム以外のものではない、というものになってくる。そして、家々もまた、運河の上に張り出したものになっている。小さい運河だと、両側から家のベランダが張り出して、まるで屋根のようになっているし、そのベランダからむかいの家のベランダへ、渡し板が渡してあるところも多い。そうやって、運河の上を通って人々は行き来しているのだ。下の運河を通る物売りは、上から声をかけられると棹を川底にさしてグーバをとめ、上からおろされるひもつきの容器に食べ物でも魚でも、また売っている日用品でもなんでも入れてやり、そうすると上から客はひもを器用にあやつって持ち上げて、そしてその籠にこんどは代金をいれてまた船にむかっておろして金をはらうのだ。

水の国クムの陽気で頽廃的な空気がすでに、このあたりを支配しているように思われた。かれら一行は、タリサの町はずれにさしかかるなり、さっそく注目をあびた。もう、グインもリギアも驚かなくなっていたので、かけられる声には手をふってこたえるほどの余裕が出来てきていた。

「ようよう、旅の一座かい？」

「どこで興行やるんだ？」

「まだこれから宿決めてから、明日の興行の許可をとりにゆくんですよ」

ものなれたマリウスが答えて、じょさいなくチラシを渡す。

「よかったらきてくださいね。ちょっと見物ですよ。これまでにみたこともないようなすごいものが見られるよ」

人々は笑ってチラシを受取り、グインのことは、感嘆の目で見はしても、まるきりふしぎだともなんとも思わないようであった。

それもそのはずであった。ほどなく、タリサの町なかに入ってゆくと、かれらは、もうひとつの、似たような無蓋馬車をこれは五台もつらねている旅芸人の一座とすれ違ったが、そのうちの最初の一台には、頭に羽根をつけ、鳥の仮装をした半裸の女芸人が十人もつめこまれており、陽気に手をふって町びとたちを誘っていた。そしてその次の一台には、獣の頭の仮面をかぶった男たちが四人ほど乗っていた。なかのひとりはあの鼻の長い耳の大きい、エルハンの頭と人間のからだをもつキタイの神ガネーシャに扮していたし、もうひとりは全身に茶色の毛をはやした着ぐるみを着て、顔を黒くぬり、どうやらラゴン族に扮していた。もっとも、そのラゴンに扮している男は、グインより相当に小さかったので、一座どうしがすれちがうとき、その男はグインをみると、恥ずかしそうに目をふせたのであった。

マリウスは手をふってその一座と挨拶をかわした。

「よう、景気はどうだい、相棒」

「まあまあだよ。これからこの町で打つのかい、相棒」

「そうなんだ。どのあたりが集まりがいい？」

「そうさね」

団長らしい男は女をたくさん乗せた馬車を御している中年の禿げた男で、これはバスに仮装しているのだろう、太っているのに、さらに肉襦袢を着て腹のところにいろいろな布をつめこんでいた。

「運河のまんなか、タリサ水道の終点のところに、親水広場というのがある。そこじゃ、しょっちゅういろんな出し物が出ているし、そこだと日中なら許可をとらなくてもいいんだ。大がかりなものは別だが、あんたら、こんだけかい」

「そうなんだ」

「ちっこい一座だな」

いくぶんばかにしたように団長は口をゆがめた。

「へへっ、だけど出し物はすごいんだぜ」

「そうかいそうかい。俺らはもう、タリサでは三日も打ったので、これからクロニア道へ出て、クロニアからユール、それから西にむかってファイラと打ってゆくつもりだ。もうあと十日もすれば、ルーアンとタイスの『水神祭り』だから、どうしようかとは思ったんだが、水神祭りんときにゃそれこそ、国じゅう、いや中原じゅうの旅の一座がルーアンとタイスに集まるからな。逆に、そういうときこそ、地方都市のほうが、もうかるかなとふんだのさ。ちっぽけな一座じゃあ、どうにもならないからね」

「そうだねえ。そうかあ、水神祭りか。そんなのもあったんだね、ずっとモンゴールの国境のほうにいたから、忘れていたよ」

「タイスの水神祭りはちょっと凄いぞ」

団長は云った。

「町全体が仮装するからな。なにせ快楽の都タイスだ。——ルーアンより、水神祭りならタイスに限る。ただ、風紀はうんと悪くなるがな。みんながみんな仮面をつけてるし、毎年水神祭りの五日間のあいだに、親知らずの子供がたくさんはらまれ、何百人ものきりょうよしが姿を消し、何百人もの子供がいけにえになる、ってうわさだからな」

「相変わらずだねえ、タイスは」

マリウスは陽気に笑って、挨拶をした。

「ありがとうよ、相棒。それじゃあ、いい旅をね！」

「ああ、有難うな、相棒、いい日和を」

「へえ」

リギアが、すれ違った馬車がゆきすぎてから感心したようにいった。

「ああいうときは、相棒、っていうものなんですね」

「そうそう。ほかにもいろんなしきたりがあるよ。——でも旅芸人たちは旅芸人としての連帯感があるから、いろいろ情報を交換しあうんだよ。もちろん、同じ場所で興行することになると、もめることもあるけどね。客のとりあいで」

「へえ、そうなんだ」

「吟遊詩人も一応旅芸人のギルドから鑑札をもらうからね。そのときに、いろいろと礼儀作法も習うんだよ」

マリウスは笑った。

「わあ、どんどんにぎやかになってきた。──あ、ひとが集まってきたぞ」

マリウスのいうとおりだった。グインのすがたがかなり人目をひきはじめたとみて、マリウスは、グインに無蓋馬車に乗るようにいった。グインが無蓋馬車にのると、いっそう人々は興味をひかれたようすだったが、誰ひとりとして、その姿格好を不思議に思うようすはなかった。

マリウスは馬車の扉をあけ、苦心の傑作の「当地初お目見得！　ほんものの豹頭王来たる！」の看板をおもてにした。そうして、フロリーとスーティに紙吹雪をまくようにいい、馬車をとめた。チラシをとりあげ、陽気な口上をはじめると、たちまちわっと人人が集まってきた。

2

「とざい、とーざい……ご当地タリサにははじめてのお目見得でございまする。わたくしども、『豹頭王グインと吟遊詩人マリウス一座』と申します。総勢わずか五人と二頭のちっちゃな一座ではございますが、その威力はまさにカルラアの祝福！　これほど面白い旅の一座をごらんになるのは、タリサの皆様はおはじめてだと存じます！　なんといっても、ご覧下さい、このみごとな筋肉！　このすばらしい肉体美！　この素晴しい豹頭！　どこからみても正真正銘ほんものの豹頭王グイン！　あの伝説のケイロニアのふしぎな英雄、豹頭王グインをあなたは見たことがおありか？　ありませんよね！　これがそのほんとの豹頭王グインそのひとであります！　明日はぜひとも親水広場におこし下さい。明日の朝より、しばらくご当地にて、この素晴しい肉体が、ほんものもかくやというみごとな豹頭王そのままの剣技をご披露いたします！　そして、カルラア神殿で勝ち抜きナンバーワンの栄光を誇る吟遊詩人マリウスが歌う豹頭王のサーガ！　これを聞かなきゃあなたは馬鹿よ！　さ、フロリー」

フロリーはあわてて紙吹雪をまきながら、にっこりと笑顔をつくる。急なことだったので、仮面をかぶるのも忘れていたが、そんなことさえ気付いていなかった。スーティも喜んで馬車から身をのりだしてぱっと紙吹雪をまく。それが可愛いと、どっと女たちがかっさいした。

「ちっちゃな一座だけど、顔ぶれは最強！　さあさ、興行は明日の朝からだよ！　親水広場にぜひおいで下さい！　豹頭王グインと吟遊詩人マリウス一座、タリサに初お目見得！　とざい、とーざーい！」

マリウスがチラシをさしだすと、人々は先をあらそって受け取った。手応えは充分のようであった。

マリウスはまた、ゆるゆるとゾフィーを進ませた。そうして、町のもっとも繁華な一角に入ってくると、そこにとめてまた口上をのべたてた。こんどはもっとたくさんの人垣が出来た。そこでまたひとしきりチラシをばらまくと、マリウスはなかのひとりの訳知りふうの男をつかまえて聞いた。

「このあたりじゃ、どこのはたごが一番安くてきれいで飯がうまくて安全なんだい」

「欲張った質問だねえ」

男は笑い出したが、指さして、運河にむかってならんでいる何軒かの四角い大きな建物の一番左の茶色の建物を教えてくれた。

「あれが、このあたりじゃちょっと有名なユー・シンとっつぁんのはただだよ。あそこなら、クム名物の料理も食えるし、まあ、安全っちゃ安全かな。タリサじゃそう怖いこともねえさ。これがタイスでもありゃあ、どこが安全だといわれても何も答えようもねえだろうけどなあ」

「有難う、ぜひ明日見物にきとくれよ」

マリウスは愛想よく笑って、チラシをわたした。

「すごい、チラシがもうなくなっちゃった。今夜は徹夜で作らなくっちゃあ。どこかですり板ですってくれるといいんだけれどもなあ。これから先も使うんだから、ちょっときょうあすタリサで、すり板屋を見つけてこようかなあ」

「あたしたちが目指してるのは、クムで有名な旅芸人になってもうけることじゃないんですからね」

リギアがぴしりといった。

「あたしたちは一刻も早くクリスタルへゆきたいんですから。そのことも忘れないでくださいよ、マリウスさん」

「わかってるったら」

云ったものの、マリウスはなんだかそわそわして、ひどく浮き立っているようすだった。それも無理はなかった。多少なりとも興行師の素質のあるものだったら、誰しも、

(これはゆけるぞ！)という手応えを感じたときの興奮と満足を知らぬものはないだろう。マリウスはこれまで、ひとりで吟遊詩人としてしか興行したことはないとはいえ、それもまた、マリウスがいうとおりまぎれもない芸人ではあるのだ。旅から旅への一座を打って歩く生涯をおくるヨウィスの民の血は、マリウスのなかにもまぎれもなく流れている。このような状況になると、わくわくしてたまらないのだろう。

かれらが、教えられたユー・シンのはたごへまわっていって、おもてに馬車をとめると、またどっとそのあたりの子供たちが寄ってきた。クムの子供たちは、髪の毛をあたまのてっぺんにもちあげて一本にまとめ、それを三つ編みに結ったり、まんなかに穴があいていてその三つ編みを出せるようになっている色とりどりのまんまるい帽子をかぶっていたりしてかわいらしい。

「おじちゃん、でっかいねえ」

「おじちゃんつよいの？」

「おじちゃん、何かやるの？」

「どこでやるの？　いつやるの？　いくらなの？」

わっとむらがってきた子供たちに、グインは笑いながら、その腕にぐっと力こぶをつくってその腕に子供らにぶらさがらせてやったり、飛びついてくるのをひょいと受け止めてやったりした。それをかなりやっかんだらしく、馬車のなかでスーティが自分も降りたいと騒ぎ立てる。フロリーはあわててスーティをしっかりと抱きかかえた。スーティは興奮のあまり馬車からころげおちてしまいそうだったのだ。

「いいよ、これから、引き払うまでここに二部屋続きの部屋を貸してもらうことになったよ」

先におりて交渉していたマリウスがにこにこ顔で帰ってきた。

「けっこうひろくていい部屋だよ。二部屋あるから、片方をフロリーとスーティとリギアが使って、もう片方をぼくとグイン、おっとグンドが使えばいい。食事は部屋に持ってってもいいし、下の食堂でもいいそうだ。風呂は二階。なかなかきれいだし、きのうのあの掘っ建て小屋とはそりゃあ比べ物にならないよ。——馬車と馬はうまやで世話してくれるそうだから、マリンカをそっちに連れてってよ。ぼくがゾフィーを連れてゆくから」

もう、すっかり暮れていたが、タリサの町にはあちこちに、漁り火がきらきらと輝き、小オロイ湖はあかりがきれいだった。対岸の町のあかりも湖面にゆらめいている。いかにも、もう、人里はなれた辺境ではなく、にぎやかな都会にきたのだ、という感じをあたえた。

「へえ、この人がその豹頭王さんなんだね。こりゃあでっけえなあ」

荷物を持って馬車をおり、クムふうの建物のなかに入っていったグインを、はたごのあるじのユー・シンおやじらしい男が感心して見上げた。ユー・シンは小さなはげあがったおやじで、昔ふうに頭を弁髪にしており、袖の長いキタイふうのクム服を着ていて、ひとはわるくなさそうだった。

「こんなにでっけえんじゃあ、普通の寝台じゃ間に合わないかもしれねえな。あとで、つぎたす足台をもってってってやるよ」

「そりゃあ有難い。いつもそれで困るんだ」

マリウスがいうと、おやじはわざわざ、帳場から出てきて、グインのかたわらに立ってみた。おやじは小柄なので、並ぶとグインの腰のあたりまでしかなかった。

「これだけでっけえと、そりゃまあ、見世物でもやるしかねえわなあ」

感心したようすでおやじが云った。はたごの泊まり客らしいのがぞろぞろ好奇心で出てきたが、どれもそれほど柄の悪いのはいない、いずれも旅商人や、同業者らしいとすばやくマリウスは見極めをつけた。

「さもなけりゃ、傭兵になるかだなあ。だが、こんだけでかけりゃ、まあ、見世物をやったほうがいいんだろうな。あんた、食い物だの服だの、さぞかし大変だろう」

「ああ」

グインはうっそりと答えた。

「その頭、本当によくできてるなあ。はずせるのかい」

「はずせなかったら大変じゃないか。だがいまんところは魔道師の技術ではずれないようにしてもらってあるよ。けっこう激しく動くので、それで途中で落ちちゃうと困るからね」

　マリウスがさりげなくいった。

「おやじさん、親水広場ってどこなんだい。そこでの興行をうちたいんだけど、それは許可は出さなくていいってきいたんだけど」

「一応、書類は出さなくていいが、口頭では、役人に届け出をしたほうが確かだよ。届け出ておけば、もめごとがあったときにもいろいろと親切にしてもらえる。親水広場はこのさきの大通りのつきあたりだよ。タリサで一番広い広場だ。だが、毎回たくさんの出し物が出てるから、もしいい場所がとりたけりゃあ、明日の朝はなるべく早くいって場所取りをしたほうがいいよ」

「有難う。それから、今夜の晩飯なんだけど、長旅でちょっと疲れてるので部屋で食うけど、クムの名物のあの魚の揚げ煮は作ってもらえるよね？　それにあの米のパンと、それに米の麵のスープ、それだけあればもういいや」

「見ればちいちゃいお子もいるようだが、お子もいいのかね？　クムの料理は辛いよ」

「そうか。じゃあなんか子供用に辛味をぬいたのもそえて貰えたら助かるな」

「じゃあ、ここんちの名物の『卵のてんぷら』を作らせるよう、いっとくよ。こりゃあ子供は喜ぶよ。ゆでたまごのなかにいろんなものを詰めて揚げたやつなんだ」

「へえ。それうまそうだ。ぼくにも頼むよ」

「大人は、それに、真っ赤な辛いクム・ソースってやつをかけて食うのさ。子供はソースのかわりに、ショイで食うんだ」

「ショイかあ。あれも好きだよ。ああ、それにあの辛いヤクヤクね！　あれで飲むといくらでも飲めるんだ」

「お前さん、クムにずいぶん詳しいね。今度の旅がはじめてじゃあないんだ？」

「そりゃもう、世界中を何回もまわってきたさ！　ここのはたごの広間では、歌は売っちゃいけないの？」

「あいにくだがな、吟遊詩人さん、うちはけっこう同業者がとまるんで、営業はさせてないんだ。だがおもての庭でならやってもいいよ。このあたりは人通りが多いからな。チラシまきならちょうどいいと思うね」

「明日の朝飯には米がゆと揚げだんごを作ってよ」

マリウスは陽気にリクエストすると、荷物を持って待っていた仲間のほうをふりむいた。

「さあ、ゆこう。今夜はのんびり広いきれいな部屋で足をのばして寝られるよ」

それから、だが、大きなカギをもらって廊下を歩いて、あてがわれた部屋に入ると、こっそりと認めた。

「でも、ちょっとはりこんじゃったから、いい旅館だけあってけっこうするんだよ、ここ。どうあっても、明日は、べつだん身元をごまかすためだけじゃなくて、いい加減金をかせがなくっちゃあ。でないと、支払いのためにこのキタラを売るか、またちょいといけない稼ぎをしてこなくちゃならなくなる。——ぼくはもう何があろうとこのキタラを手放すつもりはないからね。このキタラを売るくらいなら、喜んで自分のからだのほうを売るよ、百回でも」

「どうも、お前は、クムに向いているようだな」

いくぶん憮然としながらグインは云った。

だが、その夜は、そのようなわけで、これまでの旅のなかで、一番安全で、しかも安楽な眠りがかれらを待っていたのであった。

少なくとももう、今夜だけは、追手を心配することもなければ、寒さをも雨をも、また飢えをも案ずる必要はなかった。かれらは、のどかにかれらだけで広い、天井の高い、しっかりした建築の、かなり由緒あるらしいはたごの部屋に入り、しかもひさびさに男女別々の部屋でくつろぐことができて、すっかりほっとしたのであった。ふたつの部屋はそれぞれに二つの寝台がおいてあって、まんなかの扉で行き来が出来るようになっていた。室はクムふうに、調度は全部籐の家具で出来ており、テーブルは竹細工であった。

張り出している窓をあけて下をみると、下はかなり広い運河で、たくさんのグーバが「ヨーイー、ホーイー」とのどかなかけ声をかけあいながらゆきかっていた。もう、すっかり夜になっていたので、どのグーバも折れ曲がってワシのくちばしのようにつきだしているへさきに、かんてらをぶらさげており、そのかんてらのあかりが、グーバが波をおこしてゆく運河の水面にゆらゆらとゆれて、とても美しかった。

「なんだか、空気が、キタイふうのにおいがするな！」

マリウスはこっけいなかざりつきの三角帽子をぬいで、巻毛をくしゃくしゃとかき乱しながら叫んだ。

「この香料のにおいと、それになんといったらいいんだろう、うーん……キタイのにおいとしかいいようがない。なんだか、町全体がもうクムだ、クムだ！　ここはクムなんだ！　って叫んでいるみたいな感じだね！　おまけにグーバにのってる女たちはもうすっかり、緑色に目をくまどり、髪の毛を塔みたいに結い上げてはなやかな宝石をちりばめた乳あてをつけたクム風俗だ。ああ、いいなあ——なんていったらいいんだろう。ぼくは旅が好きで好きでたまらないんだよ、グイン。ケイロニアでも、クムでも、キタイでも、はるかな南方でも、どこでもいいんだ。氷雪の北方でも、ふしぎな太古王国ハイナムでも——ミロク教徒の町ヤガでもね！　とにかく、いったことのないところへいって、みたことのないものを見たい！　ぼくは子供のころからずっとそう思っていた。いつも見ているのはマルガやクリスタルの石の都の風景だけで、それをみてると、ぼくはいつも、これじゃない光景が見たいってずっと思っていたんだ。――マルガは好きだけど、でもやっぱり、知らないところへいってみたい。知らない町を歩いてみたい。知らない人たちと話をして、やっぱり世界全国どこへいっても人間は同じ人間で、世にもふしぎな風習をもっていようと、見たこともないような服装をしていようと、人間は人間で同じ喜怒哀楽や愚かしさや悲しさのなかで生きているんだ、ってことを確かめたい！それを確かめるたんびにぼくは人間が好きになる。そうして、人間と仲良くしたい、ひとを楽しませたい、ひとに喝采されたい、ひとのこころに伝わる歌を歌いたい、って思うようになる！　ほんとに、ぼくは、こういう暮らしをするように出来ているんだ。もし万一にもクリスタルにいって、ぼくがパロの王太子として見張られ、閉じこめられる、なんていうことになったら、きっとぼくは一生不幸な、この世でもっとも不幸な人間になってしまうと思うよ。みんないうんだろうね、ぼくは王家の男児として生まれたんだから、それが当然なんだ、王家の男子には、そういう義務があるんだ、ってね。だけどそんなの、ぼくは信じない。人間には、人間らしく生きる権利だってあるはずなんだ！」

ずっと、馬車を御していて、あまりしゃべりたい放題にしゃべる機会がなかったために、かなりマリウスはお喋りに飢えていたらしい。いったんせきをきると、容易なことではとまらなかった。

グインは剣帯をとり、マントをとり、寝台に腰をかけてくつろいでいた。グインにも、この異国の風景はなかなか目新しく、面白かった——というよりもグインこそ、このような都会のなかに出てきたのははじめてだったのだから、何もかもがきわめて新鮮だったのである。タリサはそんな大きな都会というには程遠かったけれども、それでもタルドにくらべれば、大都会とさえいってよかった。人口もまず十倍以上はあったに違いない。それでも、これはただの田舎町にすぎないのだった。

空気にはマリウスのいうとおり、スパイスのきいたような、甘いような、ふしぎな異国風なにおいがまざりこんでおり、そして窓をあけていると、水音と、そしてグーバの船頭たちのかけ声と、そしてどこか遠くから、奇妙な、絃をびぃーん、びぃーんと指ではじいてかきならすような音がひっきりなしに聞こえてきていた。

「あれは、クムの有名な魔除けの弓うちの音だよ」

マリウスは説明した。

「クムの大きな商家では、日の出と日の入りのときに、ああして弓のつるを指ではじいて、魔除けの祈りをするんだ。クムでは、クム特有の水神信仰というのがあって——あの水神はなんていったかな、竜神なんだよ。竜神と、そのお供のミズヘビどもなんだな。それがすべての水路を通って好きなところにゆけるよう、水路はいつも清らかにしておかなくちゃいけない。そうして、水の国クムでは、水路に何かごみを捨てたりすると、それこそ死刑になるほどの厳罰に処せられる。この国はほんとに水とともに生きているんだ。――歩いてゆくより、建物の下からグーバに乗ったほうが早く目的地につく。そういう場所が、まあもちろん、水郷周辺だけだけれどもね――大小のオロイ湖のまわりに限られるけれど、でもクムの大きな都市はみんなそのあたりに集中している。首都ルーアン、風光明媚なバイア、そして美と快楽の都タイス、そして商業都市ルーエ――クムの中心部はすべて、オロイ湖の北半分に集中している。南はあんまり発展しなかったんだよ。不思議なことだけどね。ヘリムなんか、けっこうさびれた町だよ。少なくともぼくがいったときは、そうだったな」

「ずいぶん、あちこちいっているのだな。お前は」

「そりゃそうさ！　ぼくはあっちこっち、いくのが楽しいんだもの。このしばらく、なんだか、あんまりまともに旅らしい旅をしてなかった気がしてね。やっぱりぼくはこういう暮らしをするように生まれついてるんだと思うよ、またいうけど」

ちょっとずるそうにマリウスは云った。

「今夜は、すり板屋も見つけなくちゃいけないし、明日のいろいろ下準備というか調査もしなくちゃならないから、食事がすんだら、ぼくはちょっと出かけてくるよ。グインは、目立つから、もうちょっとこの一座が有名になって、歩いていても、『ああ、あの一座のグインさんだ!』ってみながいうようになるくらいまでは、好き勝手に歩き回らないほうがいいと思うな。それともどこかいってみる?」

「いやいい。お前の妙案のおかげであやしまれず歩き回れるようにはなったが、もうちょっと俺もいろいろとそれに馴れてこないとあやういかもしれん。むやみと危険をふやすことはない。俺はここにいる」

「そうだね。それにグインがいてくれればフロリーとスーティも安全だし。きっとリギアもどこかゆきたがるかもしれないけど――フロリーとスーティはどこにもゆかないだろう。今夜はけっこう遅くなっても心配しないでね。もうこのあたりは心配なことは何にもないと思うから」

そういうマリウスはにやにやしていたし、そのけばけばしい道化衣裳のような吟遊詩人の服をぬいで、いつもの地味なほうの吟遊詩人の服に着替えたところをみると、町にひと遊びにゆきたいらしかった。マリウスにとっては、まったくの遊山気分だったのだろう。それに、ひさびさの町なかであるのも間違いはなかった。

やがて、宿の小女がなかなかととのった夕食を運んできてくれたので、となりの扉をたたいてリギアたちを呼び、かれらはひとつ部屋で仲良く夕食をしたためた。料理もまた、熱くてスパイスが思い切りきいていて、しかもとても異国風な味わいだがとてもおいしかった。

「なんだか、ほんとにひさびさにまともな熱い料理を食べるような気がするわ」

意外と食いしんぼうのリギアが舌鼓をうちながらつくづくといった。

「やっぱり田舎は田舎だねえ。おいしいものは都会でないと食べられないのね。この魚もほんとに新鮮だわ」

「辛くない？　フロリー」

「ええ、大丈夫です。とてもおいしくいただいてます」

「ぼくはこの魚の甘辛い揚げ煮が大好物でね」

マリウスも旺盛な食欲でたいらげながら云った。

「これにこの米のメンをつけて食べる楽しさときたら――ああ、でも酒を頼むのを忘れたな！　まあどうせフロリーは飲まないんだろうけど、いまからでもグイン、少し酒を頼もうか？」

「いやいい。いまのところどうも酒を欲しいような気分でもない」

「あたしも結構ですよ」

いそいでリギアがいった。

「あたしはあとでちょっと町を探検にいってこようと思っていますからね」

ほらね――といいたげな顔で、マリウスはグインにむかって片目をつぶってみせた。

「そりゃ奇遇だな！　ぼくもだよ。ぼくもあとでちょっとタリサの町をうろついてこようと思ってたんだ」

「あんまり無茶をなさいませんようにね。興行は明日からなんですから。マリウスさまがいなくちゃ、私たちには何にもできませんからね」

「大丈夫だって」

マリウスはうけあった。

「もちろん無茶なんかするもんか。もうちょっと、この町の民情を調査して——どんな曲がうけるかとか、そのへんをちょっと調べてきたりね。この町についてもちょっと詳しくなっておきたいだけだよ。以前にもタリサ、通ったくらいのことはあるんだけど、逗留はしなかったからね。もう二度とこないかもしれないし——この町とも、もうちょっと仲良しになっておきたいと思うからな」

夕食は楽しかった。だが、夕食をすませると、スーティが眠くなったのでフロリーはスーティをつれて隣室にひきとり、リギアとマリウスとは早速に、それぞれもうちょっと目立たない格好になって、夜の町へ遊びに出ていってしまった。グインは、ひとりで広い室に残り、あけはなった窓から、ずいぶん夜遅くなっても行き交っているグーバのあかりを眺め、その彼方にひろがっている小オロイ湖の黒い水面にちらちらと動いているたくさんの漁り火や船のあかり、対岸の家々のあかりを眺め、あやしいクム音楽がどこからか流れてくるのを聞きながら、寝台に横になったまま、あれやこれやと考えていた。

　それは、まぎれもない、まったくの《異国》であった。これまでに想像したこともなく、むろんまったく知ってもいなかったクムの珍しい風俗と風景とが、グインを取り囲んでいた。ほんの少し前までは、モンゴールの田舎の辺境にいて、さらにその前にはもっと厳しい辺境の山のなかをさまよい、そしてさらにその前にはルードの森を――そしてノスフェラスの砂漠をさまよい歩く世にも孤独な旅人であったのだ。

　それが、いまは、きれいな異国ふうの情緒がみちみちた、籐と竹の家具で囲まれ、壁も竹で張られているふしぎなクムの運河の町の旅館にいて、安楽にゆらめくランプのあかりに照らされ、窓からひろがる異国のあやしい夜景を眺めている。そして、いまや、彼は、『豹頭王グイン一座』の旅芸人であった。

　なんと不思議なことだろう――その感慨が、横たわってタリサの夜景を眺めているグインの胸にいっぱいに満ちた。

（なんと不思議な生だろう――俺はどこからきて、何処へゆくのだろう……そして俺はついには何処に帰るのだろう……）

　あまりにも奇妙の感慨にうたれながら、いつのまにか、グインは、そよそよとここちよく運河をわたってくる湖水と異国ふうの空気のにおいに包まれて、知らず知らずのうちにとろとろと眠り込んでいた。それは、このあまりにも数奇な運命をたどる豹頭の戦士が、本当にひさびさに迎えた、おだやかな夜であったかもしれなかった。

3

「さあさ——寄ってらっしゃい、見てらっしゃい。お代は見てのお帰りだよ！」

思い切って張り上げたマリウスの美声の第一声が、朗々と、まだ人出は半分くらい、とさっきそのへんの露店のばあさんが云った「親水広場」に響き渡った瞬間、グインもリギアもフロリーも——ということは、つまりはマリウスと、そしてまだなにごとにもとんちゃくしていないスーティ以外のみんなが身も世もない、という顔になってちょっと身を縮めた。だが、マリウスは平気であった。

「当地初お目見得の豹頭王グインと吟遊詩人マリウス一座！　とざい、とーざーい！　一度見たら仰天、二度見てまたまたびっくり、三回みたらやみつきになる！　四回、五回、何回見ても飽きないし、信じられないし、楽しくって面白くってたまらない！　それがこの一座だよ！　ご当地タリサに満を持しての初お目見え！　そうして今朝が初興行！　これを見なくてどうする！　さあ、集まって、集まって！　伝説の一座のご当地初舞台のはじまりはじまりだよ！」

マリウスは、例のふちにきらきらぴらぴらと飾りのついた吟遊詩人の帽子ととてつもなく派手なサテンの上着だけではまだ足りなかったらしく、思い切り華やかなレースのえりのついたブラウスを衣裳箱から探し出して着込んでいた。マリンカもゾフィーも花づなで飾り立てられて、まさしく祭りの日の馬車の馬のようであった――ゾフィーのほうは、もともとそれが素性であったのでいたっておとなしく馬車につながれてたたずんでいたが、そんなことは夢にも思ったことのない、戦いのために訓練されているマリンカのほうはひどく落ち着かぬ気持ちらしく、リギアの姿ばかり目で求め、リギアがそばにいてそっと首を叩いてやっていれば大人しくしていたが、リギアが万一見えなくなったりしたらただちにいななき出したりしそうだった。

まだ、正直あまりあたりは人通りが多いとは云えなかった。それも道理でまだ午前のなかば、ルアーの三点鐘がさっき鳴り終わったところ、というところであった。だが、なるべく早くいったほうがいい場所がとれる、という、はたごのユー・シンじいさんの忠告に従って、かれらは朝飯をすませるとさっそくに親水広場まで出かけていったのだ。

フロリーもどうもおどおどしていたし、リギアは本当のところばかばかしくて本気に相手などしてられやしない、というふうであった。だが、グインはさすがにもう腹をくくってしまったので、いくぶんむっつりとはしていたが、もうじたばたあらがったりはせず、昨夜にフロリーがいちだんと念入りに飾りをつけ直した例の剣帯をし、あの銀紙を張った王冠もきちんとつけ、そうして上半身にはその剣帯と飾りをつけられたマントだけ、下半身はぴったりとした膝までの足通しにかなり派手派手しい短い腰覆い、という格好もおとなしく我慢していた。グインが親水広場にあらわれると、あたりのものたちや通行人がざわめいた——そして、いったい何がはじまるのかと、自分たちの露店を用意する手をとめ、ひそひそささやきあいながら、グインのほうばかり眺めていた。すでに、充分すぎるほどにグインそのものが注目を集めているようであった——そして、また、明らかに、不審がられても、本当の素性をあやしまれてもいないことも確かだった。その意味では、まことにここはよい場所だったたし、この扮装ほど、安全なものはないことも明らかだった。

「すげえな！　あのがたい、見ろよ！」

「すごい、ほんものそっくりだ」

「あの頭、いったいどうやってるんだろう！」

「すごく生々しい豹頭だな！　きっと本物の豹頭王もあんななのかねえ」

人々はこそこそとささやきあった。かれらが、ひと目グインをみたとたんに、一瞬たりとも迷わずにそれが「豹頭王に扮した大男」である、と判断したことに、グインはひそかに驚いていた。ひとつには、それほどまでに、「ケイロニアの豹頭王グイン」が人口に膾炙していることにも仰天したし、もうひとつには、それが「まさか、本物であるかもしれない」などという可能性を、ついぞ誰ひとりとして考えもしないのだ、ということを確認して、なかなかにそれにも驚いたのである。

まあ、場所も当然そういう場所柄であった。親水広場はいってみると、たくさんの運河が網の目のように交叉しているそのちょうどまんなかに、まるでとてつもなく巨大な蜘蛛の背中ででもあるかのようにひろがっているかなり大きな広場で、きいたところでは、クムの水郷都市には、こういう場所が必ず――タイスにもルーアンにもある、ということだった。

そして、当然その、親水広場を中央にしている運河には大小をとわず、広場にあがるための小さな船つき場と階段がもうけられていて、四方八方から上がってこられるようになっていたが、また、大小の船がその下をくぐりぬけられるように、運河はその下をトンネル状に通って交叉していた――つまり、親水広場は、たくさんの運河の交叉する上に大きな広い橋がかかっているような形状になっているのだった。

そして、すべての階段からさらに一段あがったところに石畳が敷かれてあり、その中央に水神廟があった。それはこの水の町では当然の、水の安全を祈るほこらであるらしく、人々の信仰の対象になっていて、船を出すものたちはみな、朝この水神廟に参って酒と銭をそなえて無事を祈願してから船に乗るのだ、というのが、昨夜どこをうろついてきたのだか知れぬマリウスの仕入れてきた知識だった。

その水神廟のまわりに、たくさんの露店が出ており、そうしてそのまわりにまた、いくつもの興行の小屋がけや、マリウスたちのように小屋をかける余裕もなく馬車を横づけにしてそのまわりを舞台にしたものが集まっていた。むろん露店だけではなく、かなり立派な食堂やみやげものの店もあったのだが、なんといってもかたちは橋の上なので、それほど大きな建物は建てられないらしい。それで、だいたい一番多いのは露店だった。

食べ物の露店、着るもの、船の道具、みやげもの――そのかわり、売り物と名のつくものは、なんでもここでは売っているようすであった。みな、本式の商いはどうやら午後から、少なくとも昼前後からのようで、午前中は、あちこちから船を大小の運河の船つき場につけては、荷物を持って馴れたようすでこの広場にあがってきて、そうして、それぞれの縄張りももう確定しているらしく、細い柱や、場合によっては柱の上にのせたちゃちな作りの板屋根のある自分の場所にいって、すぐに馴れた手つきで露店を組み立てはじめる。そうして、持ってきた荷物をほどいて、今日の売り物を並べたり、食べ物屋は食べ物の仕込みをはじめたりしている。

そのあいだにも、ひっきりなしにグーバが細い水路をいったりきたりするし、その数はしだいに多くなっていった。日が高くのぼってゆくにつれて、このタリサは確かタイスやルーアンなどの本当の大都市に比べたらごくごく小さな田舎町であったはずだが、それでこんなに人口が多いのだったら、タイスやルーアンはどうなるのか、と思うくらいに、大勢の人々が、親水広場を行きつ戻りつし、船に乗ったり船からあがってきたり、グーバを呼び寄せて飛び乗ったり、またそろそろ広場で買物をはじめたりもしはじめていたのだった。

それはなかなかに目のまわるような光景であった。スーティはもともとしずかなガウシュの村の近くの、母しかいない森かげの家で生まれ育った子供であったから、こんなに大勢の人間をいっぺんに見るのも、こんなにめまぐるしい光景を見るのもはじめてであった。また、それはグイン——いまのグインにとっても同じことであった。フロリーのほうは、べつだん都会を見るのははじめてでもなければ、たくさんの人間を見るのもはじめてでもなかったが、もともとの気質がきわめておとなしい、内輪なものであったから、このおびただしい人混みにはすっかりおそれをなしたようすで、スーティを抱きしめ、とかくグインかマリウスの背中にひっこんでばかりいた。だが子供のほうがもうちょっとは適応力があるようであった——それとも、それは、スーティの性格のせいだったのかもしれない。スーティは、目をまんまるくしながらあたりのようすを眺めていたが、しだいに馴れてくると、そんなに怯えるようすもなく、目を輝かせながらじっとまわりの人々のなりわいを眺め、そのやることなすことのどれにも興味をもち、いちいちびっくりしながらも、とても面白そうにきゃっきゃと笑いながら見つめていた。それはだが、この一行にとっては、とても助かることでもあったのだが。

そうして、また、小屋がけのものたちのほうも、いろいろと準備を進めていた。マリウスはぬけめなく立ち回り、まっさきにこの広場を仕切っている市役所の出張所を教えてもらってそこにゆき、興行の届け出をすませてきた。そして、かなり早く出かけてきたので、もうそれでさえすでに場所をとっている、たぶんこれはきのう今日はじめてここで興行をするのではない常連の一座がいくつかあったが、それをのぞいては、一番いい場所ではないかと思えるような、水神廟のすぐ裏手の、人のあつまりやすい、小高くなった場所にゾフィーをとめ、馬車をとめて、看板を大きく見えるようにかかげることが出来たのであった。

それから、マリウスは箱のなかに入っていた折り畳み式の天幕を、馬車の横にとりつけ、その中にやはり箱のなかにあった折り畳み式の小さな床几をすえつけた。そのまえに、その床几をおく場所にちゃちだがきらきらした糸で織られた布をしいて、玉座らしく見せかけるのも忘れなかった。

「いいかい、フロリー、フロリーはグインがこの床几に座ったら、その少しうしろに立って、この大きな羽根扇でゆっくりとグインに風を送っていればいいんだよ。あとは何にもしなくていいからね」

「はい、わかりました」

「そのあいだはリギア、じゃなかったリナがスーティを見ていてやってね。スーティもいい子にして馬車にのぼっているんだよ。このあたりはとっても人出が多いからね、うかうか迷子になったら二度と見つからなくなっちゃうし、けっこう、タイスほどじゃあないけれど、こういう興行師がたくさん出ているところじゃあ、子供をさらってゆこうなんて悪い奴だっているだろうから、誰かひとりは必ずスーティから目をはなしちゃ駄目だよ」

「はいはい」

「そうしてグインとリギアはとりあえずぼくのいうとおりにしてね。一回やれば要領がわかると思うから」

「もう、こうなれば何だってやるさ」

というのがグインの返答であった。

「その意気、その意気。あなたはやっぱり素晴しいよ、豹頭王陛下。——さあ、それじゃあ、芝居の幕をあけるとしようか！」

マリウスは、きのうは夜中すぎにならないと帰ってこなかったが、そのほっつき歩いて遊び歩いているあいだにも、これからやるべき興行について、段取りだの、口上だの、一応いろいろなことは考えてはきたらしかった。というよりも、マリウスは、そういうことを考えるのが、とても楽しくてたまらぬようすであった。

またマリウスはもうちょっと、古着屋で見た目がちゃちでないびろうどだの、てかてか光るサテンの布だのを仕入れてきたので、朝、フロリーが大急ぎでそれをグインの衣裳にとりつけて、もうちょっとは格調があるように見せかけた。最初はなかった腰覆いも、それで、紫のびろうどに、細い毛皮のふち飾りのついたものを、「今夜、もっとちゃんと縫って差し上げますから、今日はとりあえずこのままで」ということで、うしろで紐で縛ってマントで隠すようにして着用できたので、グインのほうもいささかほっとしたようであった。戦闘の最中なら知らず、上体は剣帯ひとつ、下半身は足通しひとつというのは、人前に出る格好としては、相当に露出過剰であるように、さしものグインにさえ思われていたからである。

リギアのほうも、いささかこっけいな鎧かざりのかわりに、いくぶん色目もおとなしいびろうどのマントをつけてもらったので、かなりほっとしたようであった。そうして、マリウスは天幕の上にもきれいな星型の飾りをつけ、長いふさ飾りをつけて、いかにも見世物小屋らしい格好をつけていた。

そして、いよいよ、《興行》のはじまりであった。マリウスは、親水広場につくと、自分がそうやってフロリーに手伝わせていろいろな準備をしているあいだに、グインにスーティを肩車させ、リギアにつきそわせて、あたりをのっしのっしと歩き回らせていた。リギアにはチラシを渡して、それを興味を示すものに渡すように言いつけたので、リギアはおとなしくチラシを手にして、グインたちに寄ってくるものにそれを渡していた。

　そうやっていわばデモンストレーションをしてまわると、グインの巨体と、その風貌、ふうてい、というものが、充分すぎるほどに宣伝塔の役目をはたすものである、ということがすぐに明らかになった。ことにクムのこのあたりでは、あんまり大柄なものがいなかったからかもしれないが、グインの巨体は群を抜いてそびえ立っていたし、ただ広場を歩き回っているだけでさえとてつもなく目をひいた。それを見るなり、他の小屋がけの興行師たちはねたましさに黄色くなったし、通行人たちは必ず立ち止まって、

「すごいからだだねえ！」

「あの筋肉が半分も使い物になるんだったら、あいつはあんな見せ物小屋なんかじゃなくて、タイスの賭け剣闘の英雄になれるだろうにさあ」

　などとしさいらしくささやきかわすのであった。いや、ささやきかわす、などというものではなかった。クムの町びとたちは基本的に遠慮というものをあまり知らない人々だったので、その声は大きかったし、また、男女とわず、わざわざ立ち止まって、明らかに好色な目でじろじろとグインを眺めてゆくものがけっこういた。なかには、「夜のほうも売り物はあるのかい？」などと聞いてゆくものもいたが、それへは、リギアがニヤニヤしながら、「それは座がしらに予約をきいてもらいませんとねえ」とあしらっていた。マリウスから、そのように返答するようにと、教えられていたのである。

「それにしても、乱れたところだこと！」

リギアは、ようやくマリウスが戻ってきてもいいと合図を出してきたのでほっとして馬車のところに戻りながらグインにささやいた。

「みんな、陽気というのかお祭り騒ぎというのか――本当にパロとは気風があんまり違うんですわね！　パロでは、お祭りの日だって、いかなアムブラのしもじもの民だってあんなふうに露骨に売り買いなんかしたりしませんわ」

「まあ、それがクムというものなのだろう」

面白そうにグインは答えた。そして、マリウスの指示に従って、天幕のなかにいったん入って待ち受けた。

そうして、冒頭の開幕のセリフとなったわけなのであった。マリウスは、リギアに紙吹雪を盛大にまかせ、自分はキタラを手にして、馬車の上に立って、それを激しくかきならした。

「とざい、とーざーい……こんなすごい肉体美は誰もまだ見たことがない！　そうして、その肉体の躍動はどんな男でもああなりたいとあこがれる、どんな女でもあのからだに組み敷かれたいと夢に見るほどのもの！　さあ、伝説の豹頭王の実物をひと目見るなら、いまだよ！　その前に、カルラア神殿も認めたキタラの名手、吟遊詩人マリウスの、キタラと歌の妙技でお楽しみ下さい！」

それだけ口上をのべたてるあいだに、マリウスの声はとてもよくとおったし、それに馬車の上に立っているマリウスはなかなかかわいらしく、みめもよく見えたので、またあたりには人々が三々五々と集まりはじめていた。それを見てとると、マリウスはすぐにキタラをとって、奏で始めた。

マリウスが最初の和絃を弾き始めるとすぐに、人々はそれがその口上にたがわぬものであることを知って喝采した。そうして、マリウスがかろやかに最初の一曲として、誰でも知っている華やかな小歌曲を歌って弾き終わると、どっと喝采した。

「ちょっと、お兄ちゃん、いい声だねえ」

「あら、本当にうまいじゃないか。このところこの広場に出てきた新顔のなかじゃあ、一番うまいよ」

「それに可愛い顔してること。巻毛がくるくるしてて可愛いねえ」

「こりゃあ、人気が出そうだ。ちっちゃな、ちゃちな一座だが、顔ぶれがよさそうだねえ」

「兄ちゃん。もう一曲やっとくれ。こんどはもっと長いやつを」

「あいよ、何曲でも、喜んで。それがおいらの仕事だからね」

マリウスは馬車の上から陽気に手をふって答えた。そうして、こんどは馬車の座席に腰をおろして、キタラをかきならし、またまた誰でも知っている有名な踊りの曲と、それから、こんどはマリウスが一番得手にしている『サリアの娘』をしっとりときかせた。そのころには、露店の仕込みを終わった近所の連中だの、なかには自分の小屋がけの手をとめてやってくるものまでいたし、わざわざグーバからおりて親水広場にあがってくるものもいて、なかなかの人だかりが、この小さな一座の馬車の前に出来上がっていた。

「前のほうの人たちはしゃがんでやってよ」

マリウスは云って、最初から並んでいた子供たちや、近所の連中を座らせてうしろのものにも見えるようにした。そうして、さらに一曲、こんどは自分の作った「豹頭王をたたえる歌」を歌いはじめた。

「かくて豹頭王は中原に君臨したまいき——豹頭王の時代がはじまり、その御世は末永く黄金の時代と呼ばれたり」

一節を歌いおさめると、マリウスは、口をあけてきいている聴衆が百人くらいにのぼったのをみて、ころやよしと判断した。

「さあ、ぼくの歌、もっと聞きたいだろうけれど、いまはこれまで！　あとでもっとたくさん聞かせてあげるし、そのときには御希望にもお応えしますよ。さあ、いまは、本日の最大の出し物、『本物の豹頭王の剣技』を皆様にお目にかけましょう！　さあ、グイン陛下、おいで下さい！　人々の目にその偉大なる肉体をお示し下さい！」

マリウスに合図されて、リギアが天幕の掛け布を持ち上げた。

マリウスのかきならす派手派手しいキタラの音とともに、グインはのっそりと天幕からあらわれた。天幕はグインが立って歩くにはまったく小さかったので、グインはかがんでその入口をくぐり抜けなくてはならなかった。それで、グインが、外に出てきて、ぬっと立ち上がったとたんに、その豹頭が明るい日差しの下にあらわになった。そのとたん、あたりを埋め尽くした人々の口からおおきなどよめきがあがった。

「おお!」

「すごい。本物だ。本物そっくりだ」

「すごい、なんて立派ながたいだろう」

「こりゃすごい。本当にこんなでかいやつを、よく見つけてきたもんだ」

もう、さっきのデモンストレーションで、みなグインを見てはいたが、まだ見ていないものもいたし、そうやってあらためてそのすがたを正面から眺めると、つくづくとみな、その体格の雄大さにうたれるようすだった。マリウスは得意満面でさらにキタラをかきならした。

「ケイロニアの豹頭王、グイン陛下!」

マリウスは叫んだ。

「さあ、皆の者、拍手で陛下をお出迎えするのだ! 陛下、皆がお待ち申し上げておりました!」

「…………」

どうしたらいいのだ、と問いかけるように、グインはマリウスのほうを見たが、マリウスに差し招かれて、そのまま、馬車にあがっていった。マリウスはうしろにひいて場所をあけた。グインが馬車に乗って、皆の前にその雄大な風姿がすべて見えるようにすると、どっとまた激しい喝采がまきおこった。

（これだけの体格ともなると、ただ出てきただけでも芸になるんだから、トクなもんだ）

マリウスはひそかにつぶやいた。それから、グインにいった。

「グイン、筋肉を見せてあげるんだよ。きのう云ったみたいに、力こぶを作ってポーズしてみせて」

「こうか」

グインは諦めていたので、唯々諾々と、マリウスに教えられたとおり、マントをはねのけてそのただならぬたくましい肩と腕と胸をあらわにした。とたんにまた大きな喝采がまきおこる。グインは教えられたとおり、片足を馬車のへりにかけ、そして右腕を突きだしてぐっと力をいれ、上腕に力こぶを盛り上がらせてみせた。またまた人々は熱狂して喝采した。

「すごい、すごい筋肉だ」

「戦うところが見たいな」

「あれがもし、見かけ倒しでなければすごいぞ！」

「ああ、これなら帝王ガンダルにだって勝てるかもしれんぞ」

「ガンダルはもう年だ。こんなとこで、こんなせこい見世物なんかやってないで、タイスにいって、ガンダルと戦えばいいのにな」

男たちは口々にそう言いかわしていたし、女たちは女たちでまったく別のことに惚れ惚れして、グインから目をはなさなかった。

「なんて、みごとな体格なのかしら！」

「あの腰、あんなに肩幅があるから、とても細く見えるけど、でもあたしの両腕では抱きしめられないくらいありそうだわ」

「あの太腿ってば、あんたの胴くらいありそうよ！」

「すごいわね、あんながたいの男って、どんなふうに抱いてくれるのかしら」

「あら、あんた、助平ね！　もう、こんな朝っぱらから、その気になってるの」

「でも、高そうねえ！」

「ありゃあ、高いだろうよ」

また、かたわらから男たちが茶々をいれる。

「あれだけのがたいをしていりゃ、どんな貴婦人でもルブリウスの貴族でも、よだれをたらして欲しがるだろうからな。それこそ、あいつのあのからだと同じ重さの金をつんでも、というものが、ことにルーアンだのタイスにはなんぼでもいるんじゃないか」

「それじゃ、あたいたちには手が出せそうもないわねえ」

「それでも、あんなちゃちな馬車に乗ってるんだからさ。いまは金がなくて安売りするかもしれないわ。あとで聞くだけいくらだか聞いてみよう」

「一ランまでなら、出してもいいな、俺は」

「あらすごい。あたしはせいぜい五ターランしか出せないわ。一晩ならね」

どっと歓声と嬌声と、そして笑い声と賞賛の声があがる。マリウスは自信たっぷりにその観客を見回した。もう、この興行が、興行側の大勝利に終わることは確信していたので、とても満足だったのだ。

4

「さあさあ、皆さん！」

マリウスは、そのグインがポーズをとるのにも、少しみなの目が慣れてきた、とみて、叫んだ。

「ほんとのだしものはこれからだよ！　お楽しみはこれからだ。だけどこれから先は、木戸銭がいるよ！　そのかわり本当に、これはほんとに見てよかった、っていう眼福をお目にかける。――何だって？　違う違う、ここで全部脱いだりするって話じゃないよ！　そんなもったいないこと、するもんか。そうじゃなくて、この筋肉、見かけ倒しだと思ってるだろう、そこのあなた！　そうじゃないところをお目にかけるよ。ここにいるのは女騎士のリナ、これがまた、ごらんのとおりのべっぴんの上に、女だてらに傭兵暮らしをもう十年、これまでどんな男にいどまれても、負けたことがない、という、とてつもない女剣士だ。さあ、リナ、剣を抜いて、豹頭王陛下に御挨拶だ！」

リギアは、昨日打ち合わせたとおりに、すかさず剣をぬき――もっともそれは作り物の芝居用の軽い剣だったのだが、馬車めがけて打ちかかった。

とたんにグインがひらりとマントの端をつかんで、馬車の上から石畳へと飛び降りたので、人々はわっと叫んであとずさった。降りたときにはもうグインは大剣を抜きはなっていた。そのまま、リギアとグインはきのう決めたとおりに、激しく剣を打ち合わせた——とはいえ、どちらも芝居用の剣だから、当人たちはなかなかかえって軽すぎてやりにくかったのだが。

「わあッ」

多少、剣技にも目ききがいるらしく、ひとりの男が頓狂な声をあげた。

「なんて素早い剣さばきだ。まるでいなずまだ！」

「おおっ、あの女騎士もかなりの使い手だぞ」

「こりゃすごい。こりゃたいへんな見物だ」

「ちょっと、しゃがんでくれ。うしろが見えない」

「静かにしろ。きこえないじゃないか」

わあ、わあ——

たいへんな騒ぎになった。

グインとリギアは、約束どおり、軽く一合、二合と打合せ、そしてグインがひょいとリギアの剣をはねとばして、リギアを軽々と両腕にかかえあげて、頭の上までさしあげ

てみせた。そして、ひょいとリギアを外から馬車の上におろして、自分も飛び乗り、また握り拳をかためてポーズをつけると、たいへんな拍手喝采がまきおこった。

「すげえぞ、豹頭王もどき！」

「ほんとの豹頭王みてえだぞ！」

「すごい剣さばきだ」

「お姉ちゃん、カッコいいよ」

「すごい力だねえ！」

「もう一回！　もう一度立ち合ってみせてよ！」

「駄目駄目。一回の興行には一回限り」

　マリウスはすかさず叫んだ。

「さあ、リナ、木戸銭を頼むよ。もう一回ごらんになりたければ、あとはひるすぎまで待っておくれよ。そのときにはもっといろいろお目にかけるし、豹頭王のサーガの続きも聞かせるよ。さあ、お別れの一曲だ」

　マリウスが美声を響かせて歌っているあいだに、リギアはマリウスが用意してあった木戸銭入れの箱を手にして、笑顔で客たちのあいだをまわった。

　よほど感心したらしく、誰もが木戸銭を惜しまなかった。なかには、驚いたことに半ターラン銀貨を投げ入れてくれるものさえいた。もっとも、それと同時に、

「お姉ちゃん、あんたも、夜の部はやるんだろう？」

「いいけつしてるねえ」

「そんだけ筋肉がついてりゃ、さぞかし天国に送ってくれそうだ。今夜あんたを買いたいんだが」

「あの豹人を紹介してよ。三ターラン、出すとあの吟遊詩人にいっとくれよ」

「あの巻毛の坊やも可愛いねえ。あの子は男とも寝るのかい？」

口々に、好色なクムの人々が声をかけてくるのには閉口したが。だが、リギアは世慣れていたので、適当にあしらってさばきながら、金を集めおわり、マリウスのところに戻った。

「では当地初お目見得、豹頭王グインと吟遊詩人マリウス一座の第一回公演はこれにて終了！　あとは、二ザンの休憩をいただいて、お昼休みにまた上演します。また来ておくれよ」

「面白かったよ」

「いや、すごかったな」

「もっと、広い劇場ででもやりゃあいいに」

「タイスの女神劇場でだって興行を打てるだろうにね、もっと出し物を立派にすりゃあ」

人々は名残惜しそうに云いながらゆるゆると散ってゆき、また親水広場にはもとの日日のにぎわいが戻ってくる。

グインはフロリーとスーティと一緒にきゅうくつに天幕の中におさまっていたが、マリウスは大喜びで垂れ幕をあげてのぞきこんだ。

「すごいよ、すごい、グイン。大成功だ。まだちゃんと数えてないけど、見てよ、この金。もうこれだけで一ランは集まってるよ。すごいったら、すごい。それに評判もすごい。こりゃあ、午後はもっと、すごいことになるぞ」

「そのことだがな、マリウス」

グインは云った。

「え？」

「俺は思ったのだが、これはリギア、いやリナが不安ならば仕方ないが、もうちょっと広い場所さえ貰えれば、こんな芝居用のちゃちな剣ではなく、俺とリギアなら、真剣でやってもなんということなく出来るぞ。それに、そのほうがはるかに迫力も出せる。剣と剣を打ち合わせた音も火花も出るからな。むろん俺が責任をもって、リギアには髪の毛一筋傷をおわせるようなことはせん。リギアは好きに打ち懸かってきてくれればよい。俺のほうで全部あしらって、それで剣を打ち落として、リギアを抱き上げて馬車にのせるという、その筋書きのところはそのとおりにすればいいのだろう。リギアが本当に本気になってかかってきても、俺のほうは取りあえず大丈夫だから、真剣で、本当の立ち合いのつもりでやっても平気だぞ、俺は」

「ちょっと、そういわれると、あたしも女剣士としては、自信があるだけにむっとしますけどね」

リギアが仕方なさそうに笑い出した。

「でも、それは、あたしもそう思いましたよ。あんなちゃちな芝居用の剣じゃあ、それこそ陛下の剣技が泣くというもの——もっと、派手に人を集めるんだったら、それこそ……そうですねえ、ほんとに、いまちょこっとだけ、お芝居で打ち合わせてみて思いましたよ。うわあ、こりゃあ、あたしが十人いても歯がたたない、やっぱりケタが違う、って。——そりゃ、お強いことはわかってましたけどねえ。なんだか、あんまり何もかも違うから……だから、確かにあたしがありったけ本気でかかっていっても、陛下は何の苦もなく、いまみたいな運びになされると思いますし、そうしたら、客のほうはもっと大騒ぎになると思いますよ。クムは剣闘がものすごく盛んなくらいで、みんな、真剣勝負が大好きですからね。真剣でやれば、あたしたちみんな、下手したら本当にこの商売ででっかいお屋敷がたてられちゃいますよ」

「きのうはぶつぶついってたくせに」

マリウスがにっと笑った。

「まあいい。そりゃもう、そうしてくれればこんな助かることはないよ。それにね、フロリーとちょっと話していたんだけれどね。こうしてお金が入ったら、今日はしょうがないけど、もうちょっと、タリサできれいな上等の布を買って、衣裳や、馬車の飾りや天幕を、もうちょっともっともらしいものにしたほうがいいなって。——そのほうが——なんだか、こんなちゃちな衣裳や天幕でやるには、もったいなさすぎるんだもの。ってまあ……本当は、ケイロニア軍十二万をひきいて全軍に叱咤していたほんものの大将軍、ほんものの英雄なんだから当たり前なんだけれどね。なんだかみんなとても気圧されていたよ——となりの小屋の小屋主のおじさんがこっそり云いにきたよ——あんたら、何日までここで興行しなさるのかい、俺たちは、あんたらがいるかぎりあがったりだよって。——それにこうもいってた。もうちょっと出し物をもっともらしくしさえすりゃあ、本当にタイスの女神劇場の砂桟敷で大当たりとれるだろうよって。なんだかものすごく感心されてしまって、かえって申し訳ないような気がしてきたな」

「そりゃあなんたって、ほんものの迫力ですもの、そんじょそこらの見せ物小屋じゃあ、太刀打ちできるわけはありませんよ」

リギアがおかしそうにいった。

「でもフロリー、さっそくあんたの出番みたいよ。さっきの立ち回りしただけでもう、この飾りがとれちまったわ」

「あらいやだ。すぐに縫いつけますから、それじゃいっぺんマントを脱いでくださいな」

「そのあいだ、あたしがスーティを遊ばせていよう。ちょっと、そのあたりをうろついてきてもいいでしょうね」

「いいけど、くれぐれもスーティから目をはなさないでね」

マリウスは云った。そして、天幕に座り込んで、こそこそと木戸銭のあがりを数えはじめたが、歓声をあげた。

「すごい。いまの一回だけで十一ターラン七十ター稼いだよ。ユー・シンのはたごの値段がひとり半ターランでスーティはおまけで、一泊二ターランだから、これで当分楽ができる。タリサでものの三日も三回づつくらい興行をすれば、このあと東ルーアン道をぬけるあいだは一番いいはたごに泊まったっていいくらいだ。――それに、もうちょっとルーエでも興行できれば、オロイ湖をわたる船は一番いいのを借りられるよ、きっと」

「まあ、本来の目的を見失わぬことだな」

グインは笑った。

だが、すでに、この出し物は大評判を呼んでいたらしかった。まさにリギアのいうとおり、『ほんものの迫力』はなにものにもかえがたいものがあったのだろう。

それに、たぶん、クムという国のもつ、尚武と頽廃の奇妙な混淆した気風にもまた、それはたまたまぴったりとあっていたのだった。リギアも美貌であったし、マリウスも美青年である。そしてグインの豹頭とそのたくましい肉体美と、マリウスのこれは確かにどこに出しても恥ずかしくない美しい歌声とグインとリギアとの剣技、それはなかなかにタリサのひとびとの心をくすぐるつぼであったらしかった。

午後からの出し物をはじめる前に、すでに親水広場には、黒山の人だかりが出来ていた。うわさがうわさを呼び、ひと目「まるで本物そっくりの豹頭王」の擬闘を見ようというものたちが、タリサじゅうから詰めかけてきた、という感じさえあった。ひとびとは押すな押すなと広場を埋め尽くし、さしも広い広場の半分以上が人で埋まったが、それはみな、この一座を見に来た物好きな連中だった。あまりにも人出がすごくなったので、とうとうクムのあのごついよろいをつけた衛兵たちが出動してきて、人混みをさばきはじめたが、ちゃっかりとそのあいだをぬって食い物や飲み物を売り歩くしっかり者もいて、親水広場は時ならぬお祭り騒ぎになった。

露店のものたちはこのあおりでいろいろなものが飛ぶように売れてゆくので喜んでいたが、ほかの小屋がけの興行師たちも、それほどいやがってこの大当たりをとっている新入りを敵視することもなかった。かれらはみなベテランの興行師たちだったので、そうやってひとつ興行があたりをとると、かえってほかの小屋へもおこぼれがくるだろう、と期待していたのだ。それで、かれらも、自分たちの小屋はとりあえずそのままにしておいて、面白そうにマリウス一座の出し物を一番前で眺め、あわよくば何か自分たちの出し物へのヒントを得ようとしていた。

　押すな押すなのありさまになった客たちは、ようやく第二回の興行がはじまって、またマリウスがあらわれて歌いはじめるともうすっかり馴染みになったようすでかっさいをした。また事実、第一回からそのまま残ってうろうろしながら次を待ったり、ひるすぎにまた戻ってきたものも多かったのだ。それで、とぶかけ声も、もうなんとなく常連めいたものが混じってきていた。

「マリウス！」

　すでに名前を覚えた客たちに歓呼で迎えられて、気分よくマリウスはキタラをかかえ、おおいに歌ってサーガを語った。マリウスの歌もキタラもこれは本当に素晴らしかったので、あらたに集まった客たちがかっさいすると、一回目をみたものたちはすでになるでそれが自分の手柄のように、「な、素晴しいだろう？」「云ったとおりだろう？　ちょっとこんな歌、ほかじゃあ聞けないぜ」などと自慢するのだった。

　そして、グインが例によって重々しく天幕からあらわれると、それこそかっさいは、天地が割れんばかりの大歓声になった。そしてそのあとはもう、こういうときはパロの興行師たちならば「カルラアの大当たり」という、あの興行師たちが誰でも夢にみるようなものになった。グインが手をあげて歓呼にこたえると、人々はいっそう熱狂した。そして、グインが力こぶを作ってみせるとまたまた熱狂し、そしてグインがリギアと剣技の擬闘をはじめると、みんな協力しあってうしろのほうのものたちにも見せてやろうとかがんだり、すわりこんだりして真剣に見つめた。

今度はだが、グインもリギアも真剣を使っていたので、立ち回りの迫力は一回目とは比べ物にならなかった。かなり広いスペースをとって、リギアはかなり本気になってグインにうちかかっていったが、まるで赤児同然にあしらわれた。グインは途中まで剣を抜こうともしなかった——ひょいひょいと身軽にリギアの必死の突きをも、斬りかかるのもわざわざ紙一重まで近づけてかわしてみせ、それからすばやく剣を鞘ごとぬいてうけとめ、リギアの剣を叩き落とすなり、ひょいとリギアを抱き上げて、大胆にも空中高く投げあげた。これは打合せになかったのでリギアは本気で悲鳴をあげた——その落ちてくるところを、グインはしっかりとかかえとめて、そのまま馬車にすとんとのせたので、大喝采はもうなりやむことを知らぬかのようだった。しかもリギアは決してフロリーのような痩せ形でも小柄でもなく、むしろ女性としてはかなりしっかりとした、骨太の体格だったのだ。

「すげえッ」

その一幕がおわると、クムの男たちは完全にグインの力わざにも剣技にも魅せられ、そしてクムの女たちはすっかりグインの肉体にうっとりしていた。あまりにもかっさいがなりやまなかったので、マリウスがどうしようかと考えていると、グインが笑いながら出てきて、そしていきなりこんどは無法にもマリンカをかかえあげた。マリンカは驚いて悲鳴をあげていなないたが、空中高くマリンカをさしあげたグインはそっと優しくマリンカをおろしてやった。マリンカはこんな生まれてはじめての扱いにすっかりたまげてしまったので、リギアがあとでさんざん慰めてやらなくてはならなかったが、豹頭の巨人戦士が大きな馬を空中高く持ち上げるのを見た人々はまたしてもどぎもを抜かれたのであった。

「すげえぞ！」

「ほんものよりすげえ！」

叫ぶ声もあれば、あの馬をもちあげたのは絶対になにかからくりがある、と断言するものもいた。普通の人間には馬を持ち上げるようなことは不可能だ、というのである。だが、そういって疑っているものはごく少数で、たいていのものはうっとりと崇拝しきってグインに見とれていた。そこにまた、マリウスの美しい声がはじまって、人々がうっとりしているときに、天幕があいて、ちょこちょこと道化服すがたのスーティが出てきた。スーティは危ないから外に出てはいけないといわれて、フロリーともども天幕のなかにいたのだが、外があまりににぎやかなので、とうとうたまらなくなってフロリーの手をふりきり、のぞきに出てきてしまったのだ。スーティがちょこまかとグインに走り寄り、「おじちゃん！」といいながら抱きつくと、またしても人々はわっと大喜びした。そして、グインが可愛らしいスーティをかかえあげて肩にひょいとのせ、そのまま馬車にのぼると、それこそ、本当のケイロニア王の戴冠式でケイロンのひとびとがあげたかのような大歓声をあげて、グインの名を呼んで喝采したのだった。

「うわあ、すごいっ。もう第三回の興行はやめて今日は休もう」

大喜びのマリウスはやっと人々が散ってゆくと、こんどはほくほく顔を通り越して、あきれ顔で云った。

「ほんとにすごいよ！　見てよ、さっきは十一ターランだったけど、こんどはなんと十ランもかせいだよ！　こんなの、はじめて見た。こんなすごい興行って、どこの興行師だって黄色くなってねたましがるだろうよ！　あなたって、もしかして、旅芸人の天才的な素質があったのかもしれないよ！　何をやらせても絵になるし——それに、とにかく、なんであんなことが思いつくの？　マリンカを持ち上げるなんて——ぼくには想像もつかなかったよ！」

「おかげでだいぶんマリンカは怯えっちまいましたがね」

リギアは半分不平だったが、しょうことなしに云った。

「まあでも、それだけ稼いだんなら、タリサはもうそろそろ失礼してもいいんじゃないでしょうかね。あんまりやると、こんどは評判を呼びすぎて、いろんなものが集まってきちまいますよ。そうしたら——まだここはけっこうボルボロスに近いですから、ボルボロスの追手なら、ぴんとこないものでもありませんよ」

「それもそうだな。でも、とにかくせめて明日にでももう一回だけはやらないとだめかもしれないねえ。すごく、明日もやるんだろう？　明日もくるからってきいて帰っていった人が多いから。——ふつう、これだけカルラアの大当たりをとった興行が、一日だけでうち切りなんてことはありえないんだからね、かえってあやしまれちゃうよ。それに、もし国境をこえてボルボロスの守護隊にこの話がとどいても、まさか——本当のほんものの豹頭王が、豹頭王に扮して田舎町のタリサで興行を打っていようなんて、誰ひとり想像もつきゃしないさ！　それだけは確かだよ。だってぼくだって、きかされたってたぶんそれが本当のグインだなんて、何があろうと信じやしないもの。おおっぴらにしていればいるほど、そっくりだ、本当にほんものそっくりだ、っていわれるばっかりで、誰も絶対にこれが本当のほんものだ、なんていうとてつもない可能性だけは絶対に信じやしないよ！」

「まあねえ」

　リギアもそれは認めざるを得なかった。

「それに、私はこの出し物はちょっと気に入ってきましたよ。というのも、このところあたしはだいぶん腕がなまってきてたもんですからね。こうやって、世界一の剣士にお手あわせをお願いできるのは、あたしには何よりの鍛錬で、最高ですよ。こうやって興行を打ってるあいだに、これがあと十日も続けられれば、あたしにとっちゃ、何よりの腕磨きになるんですけどね。それについちゃ、とっても感謝してますよ」

「いくらリギアが腕を磨いても、グインは平気そうだね」

　マリウスは笑った。

「その点だけは、本当に、なかなか安心でいいよ。ただ、とにかくくれぐれも、こういうまわりがちゃんと舞台と客席が別になっていない場所だからね。見てる客のところに倒れこんで怪我をさせたりしないように気を付けてね。頼むよ」

「それは大丈夫ですよ。あたしだってそれほど素人ってわけじゃないんだから」

「それは大丈夫だ。俺が責任をもって、そうはならぬようにしておく」

　グインもうけあった。

　かれらはそれで、大入りを出したので、はやばやと店じまいをはじめたが、まだまわりには、次の公演を待っていようというものがたくさんいたので、そういうものたちは、それをみて不平の声をあげた。

「なんだい、もうしまっちまうの？　欲がないねえ。もうあと二、三回やっとくれよ」

「そうだよ。いま、友達が、別の友達を呼びにいったんだから」

「なんだよ、もうやめるのかい。まだお天道様はあんなに高いよ」

隣の小屋のあるじものぞきにきて、うらやましそうな声を出した。

「あんたらがあれだけ大当たりをとったあとじゃあ、あたしらが何をやったところであんまり受けそうもない。それどころか、あんたらを見に来た連中にがっかりされて文句をいわれるのがおちだ。──なんだね、もう帰っちまうのかい」

「ちょっと、明日の用意をしなくちゃならないんだよ」

マリウスは嬉しそうに説明した。

「せっかくかなりかせぎがあったから、ちょっと天幕を新しくしたり、いろいろしようと思ってね！　それに、紙吹雪もすっかり使いきっちまったし。もったいぶるわけじゃあないけど、初日からあんまりたくさんやってしまうのも味気ない話だしさ」

「まあ、お前さんは、若い上に、一見はただの吟遊詩人だと思ったら、ずいぶんとよく興行ってものを心得ていなさるんだねえ」

隣の小屋のあるじは、感心して声をあげた。

「まさにそうさね！　こういう興行はそれもかけひきだからね。お前さん、もともと、いったいどういう出でいなさるんだい。とてもしろうととは思えないが──まあ、あの歌やキタラを聞いていりゃ、素人のわけはないが、どういう出なんだい」

「おいらは母方がヨウィスの女だよ」

陽気にマリウスは云った。

「だから、母方の一統はずっと旅から旅へ、こういうことをしてまわってたんだよ。ただ、父方がちょっとお堅かったもんだから、おいらはそっちに引き取られててね。——でもからだのなかのヨウィスの血が燃えるもんだから、どうしてもおとなしくしてられなくて、そっちを飛び出して——そこからあとはもう、旅から旅への吟遊詩人暮らしで、そうだなあ、もう、十年にはなるんじゃないかしら。ずいぶんあっちこっちにいったよ！　どこでもしこたまかせいだよ。だが、こんなにかせいだのはさすがにはじめてだ。このグイン王は、ぼくは実は旅の途中でゆきあって——ずっと探していたもんでね。これだと思って頼んだら、やってくれることになったんだが、もとは傭兵だったそうだよ」

「ああ、なあ。だからあんなに強えんだな。そのお姉ちゃんはあんたのつれあいなのかい」

「とんでもない！」

怒ってリギアが云った。

「よして下さいよ。あたしはちゃんと思うお方が別にいるのよ」

「その思うお方てのはよっぽど強くねえと、お姉ちゃんに押し倒されちまうねえ」

小屋主がからかった。リギアはふんと鼻息を荒くした。

「つまらん心配をおしでないよ。あたしの男は、あたしの百倍強いのよ。いっぺん、このグイン陛下と立ち合ってみてほしかったくらいだよ」

「そいつは豪儀だ。まあ、明日も来るんだったら、また明日会おうな。そのときにゃ、俺ももうちょっと、あんたらにはりあえる方策を考えとこう」

タリサの親水広場はまだ日盛りだった。「ヨーイー、ホーイー」というグーバの船頭たちの声がとびかい、にぎやかな物売りの声と子供たちの笑い声、そして女たちの嬌声がきこえる。マリウスは楽しくてたまらぬように金入れを抱きかかえた。

「すごい大当たりだ。今夜はどれだけ飲み食いしても大丈夫だよ。当分、どんな贅沢しても平気だ。最高だね！　まさに最高の暮らしだよ、これが」

第四話　大入り満員

1

大成功の初日に気をよくして、はやばやと宿に引き上げた一行は、そのまま休んで翌日の公演の準備にかかった。マリウスとフロリーはスーティをリギアとグインに預けて、新しい飾りものや興行のためのあれこれを買いに町の中心部に出ていった。ありあわせの木の箱よりも、やはりきちんとした中のみえない木戸銭入れが必要だったし、こうなってくると、売り上げをしまっておくための携帯用の金庫なども必要だったからである。それに、これだけ受けてみると、折り畳みの床几などはいかにもちゃちでありすぎた。そもそもそれはあまりにちゃちで、どちらにせよグインの体重を支えることが出来なかったのである。

グインとリギアはスーティを預かってユー・シンの宿に残ったが、宿にももう、かれらの大当たりの話はとっくに届いていて、ユー・シンおやじは大喜びだった。おやじもきっすいのクムの人間らしく、とても興行が好きだったのだ。それで、自分の宿に泊めた客の大成功をおやじはこよなく喜んでいたので、グインたちの部屋に茶菓子を運んできて、長々と興行の話などをきいていった。これにはグインもいささか困惑したが、さいわいにして、リギアもいざとなればそれなりに世慣れていたので、うまくあしらうことが出来た。

そして、その夜はおだやかに過ぎてゆき、翌日に、いよいよ二日目の仕事に出かけよう、というやさき、おやじがあわててかれらの部屋にあがってきた。

「ちょっと、いいかね、マリウスさんや。お役人がきていなさるんだが」

「役人だって？　何も問題はないはずだぞ。ぼくたちはちゃんと届け出もしているし、何も違反はしてないんだから。鑑札だってあるし」

ややぎくりとしながらマリウスは答えたが、しかし、いざ役人が入ってきてみると、それはまた思いもよらぬ用件であった。

「あんたらが『豹頭王グインと吟遊詩人マリウス一座』かね」

入ってきた役人は物珍しそうにまじまじとグインを眺めながら確かめた。用件というのはマリウスの想像したどんなそれとも違っていた。それは、「あまりに客が多くなると、親水広場の治安が保てなくなり、また危険が多くなるので、クムの守護隊が群衆をさばくので、そのつもりで協力してほしい」という話だったのである。

それはむろん、マリウスにとっては願ったりの話だった。第一それもとてもよい宣伝になるに違いないし、その上に、マリウス自身も、きのうのようすをみて、きょうはどんなことになるやら！　とひそかにかなり心配していたのである。きのうの評判はとっくにタリサの町中にひろまっているだろうし、クムのこういう水郷の特徴は、船が自在にゆきかう、ということである。タリサでこれこれの出し物がこんなに評判になっている、ときけば、それこそ船をつかって小オロイ湖畔すべての町からタリサへ見物人が押し寄せてくる可能性だってないとはいえない。

そうなれば、きのうの二回目よりももっと大勢の客があの広場に押し寄せてしまうだろう。広場はまわりがなにも囲いのないままで階段で運河の上にひろがっているだけに、その上が人であふれたら、それこそ、運河に落ちてしまうものとてもあらわれてしまうかもしれないのだ。

「もちろん、それは、ぼくたちにとってもとても有難いことで――申し訳ないくらいです。お役人様」

マリウスは調子よく云った。役人たちもみなクムの人間なのでお祭り騒ぎが大好きであるとみえて、親切であった。

「これがうわさの豹頭王役の役者さんだね。なんと本当に本物そっくりだ！　こりゃあ、すごい魔道師に頭を作ってもらったんだな。こりゃ、私もぜひとも見たいもんだが、ひるまじゃあ役所をあけるわけにもゆかない。夜は公演せんのかね」

「そうですねえ、きのうは小手調べだったんで、昼間だけでやめちまいましたけどねえ。今日は、さばききれないようなら夜もやってもいいんですけれどもねえ」

「水神祭りまでは逗留せんのかね。だが、もしこの上長逗留で興行をうつのだったら、親水広場の小屋がけではなく、どこか場所を借りたほうがいいと思うよ。でないと、木戸銭のとりはぐれもあるだろうし、また、あのへんにはそんなに大当たりをとる出し物はふつう出ないから、ほかの小屋主がやっかんでいろいろいやがらせもはじまるかもしれないからね。今日明日くらいなら、まあかえってにぎやかしと思うだろうが、それ以上の長逗留になると、あんたらのおかげで客をみなとられてしまうとみんな思うかもしれん」

「大丈夫ですよ」

マリウスは元気よくうけあった。

「とてもタリサの皆さんには申し訳ないんですけど、ぼくたちの目的地はそのう、もうちょっと大きな町なんです。だから、きょう興行をおえて、予定していた木戸銭が集まったら、残念ですが切り上げてもうあすかあさってには、ルーエに向かう予定なんですよ」

「なんと、そんなに短い滞在なのか！　そりゃ大変だ。見そこねてはたいへんだ。そりゃあ、今夜はぜひ夜興行もやって下さいよ。でないと、ひるま真面目につとめているものたちがみんな、こんなにうわさになってる興行を見逃してしまうからね」

「夜も、やっていいんですか」

「もちろん」

「何時まで、やってるんですか、あの親水広場は……」

「基本的には朝も昼も夜も、べつだん何どき以降は使ってはならぬ、なんどというきめごとはまったくないよ。クムの国では、夜も朝もないからね。だが夜中はそんな、ひとのだしものを見るよりもみんなもっとやりたいことがある。そうだろう？　だから、誰もだしものなんかやらないだけさね。夜中にもっと混んでるのは女郎屋と居酒屋だけだよ。そうだろう」

「まったく、呆れたものね」

役人が帰っていってから、リギアは感心してもらした。

「クムじゃあ、役人までもあんなにやわらかいのね！　フロリーなんか、あんなの、信じられないでしょう。どうしてこの遊び人ばかりみたいな国にミロク教徒になるものがじりじりと増えているんだか、私にはそれも信じられないわ」

「たぶん、それだからだろうさ」

グインは笑った。

「そうしたクムの快楽主義的な側面ばかりが強調されているが、当然クムにだって、そうでない、真面目な者もいるはずだ。だが、そういう者は、これまでまるでクム人ではないかのように云われ、逆に肩身の狭い思いをしたり、邪魔がしの扱いをされたりしていたのではないかな。だからこそミロクの教えが入ってきて、およそクムの国民性と正反対のように思われる教義をひろめはじめたときに、それにいたく救われた思いをしたものも大勢いたのだろうさ」

「そんなものですかねえ」

リギアは感心して云った。フロリーは、くわばらくわばら、というようなようすであった。フロリーにとっては、クムというのはどうもあまり馴染めない国であるようだったし、また、あんまりいい思い出もなかったのだ。

その日の興行もまた大成功のうちに終わった。もう、うわさがうわさを呼び、最初から親水広場には、ひと目、評判の豹頭王の出し物を見ようという人々が押し掛けてきていたので、さっそくにあの役人の案じたとおりの人だかりになっていた。クムのごつい、とげとげと突起をたくさんはやした海胆《うに》のようなかぶとをかぶった守護隊がやってきて、これはもうどこの国でもお馴染みの横柄な態度で群衆をおしのけたので、人々はぶうぶう文句をいったが、兵士たちの命じるままにおとなしく列を作って並び、そして縄で仕切られた『舞台』の外側にきちんと座って出し物を待っていた。

これだけ、待たされたのだから、もしもたいしたものが出てこなかったら、作り物のちゃちな豹頭をかぶったつまらん田舎の見世物が出てきたら金を返せどころか、石を投げつけてやるぞ、と文句をいっているものたちもいたが、そういうものたちも、マリウスたちの馬車がやってきて、そしてグインが準備の出来るまでのあいだ、例によって、スーティを肩にのせてそのへんを歩き回りはじめると、仰天して口をつぐんでしまった。そして、驚嘆にたえぬようにこんどは、グインの《にせの豹頭》のあまりにも本物としか見えぬくらいによく出来ていること、そしてグインの体格の素晴らしさ、筋肉のみごとさなどについて、てんでに賞賛をはじめるのであった。

守護隊の隊長には、はたごのおやじに教えてもらったとおり、金一封の礼金を包んでこっそり渡さなくてはならなかったが、出し物はそんな出費をおぎなってあまりあるほどの盛況のうちに終わったので、マリウスはちっとも気にしなかった。また、確かに守護隊がいなかったらどんな騒ぎになっていたか、知れたものではなかった。

きのうの出し物のうわさで、たいそうみごとな剣技である、というのがひろまったからだろう。きょうの客たちは、かなり昨日よりも、職業軍人だったり、そうでなくても剣闘の好きそうな男が多かった。だが同じくらい、見るから好色そうにまぶたを緑色の宝石粉でふちどった水商売の女たちも増えていた。かれらはどちらもグインの剣技にも、肉体にも、またマリウスの歌とサーガにも熱狂してやまず、惜しみなく銀貨や、場合によっては金貨をはずんでくれるよい客であった。

奇妙なことに、スーティが、なかなかの人気を集めていた——小さな道化服を着てかわいい三角帽子をかぶったスーティはとてもかわいらしく、ものおじしなかったので、そのちょこまかとしたしぐさはひどく人々をわかせたのだ。そうと見てとって、さっそく、悪魔のごとき狡知をはたらかせたマリウスは、スーティがおもちゃのちっちゃな剣をふるって、グインにうちかかるひと幕を追加した。スーティには言い聞かせるもへちまもなかったから、ただ、剣をあたえて、「おじちゃんをやっつけちゃえ」とささやいてやるだけでよかった。そうでなくてもちゃんばらごっこの大好きなスーティはきゃっきゃっとはしゃぎながら、あたりを埋め尽くしている観客などガウシュの村の竹藪ほどにしか思わぬようすで、かわいい銀紙の剣をふりあげてグインにかかってゆく。グインもなかなかの役者で、「おっ、強いぞ。参った、参った」と剣を投げ出して降参してみせ、そしてスーティを抱き上げて肩車してみせると、観客は大喜びであった。スーティとグインのあまりに極端な大きさの違いが、女たちにはとてもかわいらしく思えるようで、スーティは早くも一座の人気者であった。

「この子、やっぱりただものじゃないな」

昼休みをとってまた、衛兵たちが新しい客を入れ替えて並べさせているあいだに、フロリーが近所の露店で買ってきた弁当のバルバルを頬張りながらマリウスは感嘆の声をあげた。

「自分が何をさせられてるか、さいしょはよくわかんなかったみたいだけど、わかってきたとたんに、グインに肩車されて、客に手をふってみせるんだもんな！　この年から、あんな大向こう受けのしぐさをごく自然にできるなんて、さすがはあの目立ちたがりのおやじの子だとしかいいようがないね！　おまけに、舞台度胸がめっぽういいよ。この子は、本当は、旅芸人になったらいいかもしれないなあ――もっとも」

マリウスは、ちょっと意地悪くそう付け加えずにはいられなかった。

「お父さんに似て音痴でさえなければ、の話だけれどね！」

「まあ」

フロリーは目を白黒しているばかりで、愛する――といっても過去にそういったわけがあったというだけのスーティの父親の音楽的素養についての誹謗には、なんと答えていいのか、まったくわからぬていであった。

そういうわけでスーティの名も午後までにはすっかり親水広場かいわいでは知れ渡って、人気者になっていた。むろん吟遊詩人マリウスの名も、女剣士リナの名もである。フロリーは一座の世話係というかたちで天幕にひっこんでばかりいたが、こっちはちっともそんなふうに、タリサの町で有名になりたいなんぞとは思ってもいなかった。

マリウスはずっとひそかにたくらんでいたひと幕を追加した――つまり「豹頭王と間

近に接見の栄を得たいかたは、四分の一ターラン払ってこの天幕の中へどうぞ！」というやつである。これまた、たいへんな評判であった――かれらはみんな、もっと間近に《豹頭王》を眺めてみたいと望んでいたのだ。それで、かれらはおとなしく天幕の前に長い長い列をつくり、天幕に入っていって、そして、フロリーがかしづくようにして立っている前に、これはだいぶまともになった床几に座っている《豹頭王》の前に一人づつ進み、ひとことづつ、《おことばをたまわ》ったが、こちらは、正直のところグインにとってはべつだん面白くもおかしくもなかったものの、持って生まれた重々しい態度のおかげで、心配したマリウスがそっとのぞいても何の問題もなかった。むしろ、もちまえの威厳のためだろうが、近々と見世物を見よう、というつもりで天幕に入ってきた連中までも、威圧されたように平伏し、「豹頭王様、お目にかかれて恐悦至極でございます」などと挨拶するのへ、「うむ、ご苦労であった」などと適当なことを云っているグインをみて、マリウスが呆れるくらいであった。

「あいつに、あんなとこがあるとは思わなかったな」

ひそかに、天幕の外に出てきて、マリウスはリギアに囁いたものだ。

「あんな重々しい、まったく冗談のジョの字もわからないような顔をしてるくせに、けっこうあれで面白がりでもあれば、いい加減でもあるし、おまけに芝居っけもあるんだな！　まあ、そうでなくっちゃ、やってられないかもしれないけれどねえ。でも、それにしてもあの連中は、まさか自分たちが正真正銘の『ほんもの』に拝謁したんだ、なんどとは、一生想像もつかないだろうなあ」

「どうですかねえ」

リギアは笑って囁きかえした。

「むろんあの連中はほんものとは思ってないんですけど、そのくせ、ほんものしか持ってない威厳に圧倒されてるみたいですよ。出てきた連中はみんななんだか、まるで神殿で有難い神様を拝んだ信徒みたいになってるじゃありませんか。——あの人は、やっぱりなみの人間じゃありませんよ。ああやってるだけで、あのちゃちな天幕のなかが、本当のケイロニアの豹頭王の玉座になったみたいに見えますもの」

あまりにも《拝謁》を希望するものが多かったので、マリウスは、次の出し物をはじめる前にちょっとでもグインたちを休ませてやるために、途中でうち切らなくてはならなかった。

「あとは、次の出し物のあとでね——すまないけど」

マリウスは悦に入りながらもすまながってわびた。

「ちょっと休ませてやらないと。本物の豹頭王様と違ってうちのグイン陛下は生身なんだから、休憩も必要なんだよ」

「まったくだ」

衛兵たちは何回もグインが出入りするのや、その擬闘ぶりを役得でかなり近くで見ることが出来たので、すでにグインの熱烈なファンになっていて、すっかり感心していた。

「あの人は人間じゃないほど頑健だそうだからなあ。だが、なあ、座がしらさん、ここんちのグイン陛下も、これだけ戦えるんだ。ぜひともタイスにいって、老ガンダルと戦って大金をもうけてきたらいいよ。絶対に、これだけ強ければ、賭け剣闘技でももうけられるよ」

「そいつは駄目だ」

グインが吠えるように笑った。

「そのようにかいかぶってもらえるのは有難いが、俺は強いのではないのだ。この擬闘は、芝居で、何回も練習してこの女剣士と打ち合わせたものなのだ。だから、俺は強く見えるが、本当はそんなに剣が達者なわけではない。とうてい、賭け剣闘技などという恐しいものには向かないと思うな。俺は生来、臆病者でな」

「よく云うよ」

この発言には、さしものマリウスもすっかり呆れてつぶやいたが、それをきいて、ますますクムの衛兵たちは喜んだようであった。

「なあに、あの剣闘技だって、本当のすごい剣闘士はほんの少しで、けっこうやらせだの八百長だのもあるっていうから、大丈夫だよ。ごくたまに本当の真剣勝負だの、命をかけたやりとりだのもあるっていうがな。誰だって、金のためにいのちを落とすのはまっぴらだものな」

「まったくだ。俺にはこういう旅芸人の一座が向いているのだよ」

グインはしらじらと答えた。そしてまた、スーティを抱き上げた。

「俺はこの子が可愛くてな。俺の子ではないのだが、おのれの子のような気がしてならん。この子が無事大きくなるまでは、こうして旅芸人で頑張らんとなあ」

「へえ。あんたらも苦労してるんだね。見ればなんだか妙な編成だから、いろいろ事情もありそうだし」

兵士たちはすっかり同情して口々に云った。

「もとはさぞかし強い傭兵かなんかだったんだろうと思っていたんだが。それに、いくら芝居で打ち合わせてあったって、素養がまるきりなけりゃあ、あんなすごい剣さばきを見せられるもんじゃない。やっぱり、あんたはすげえよ。豹頭王さん」

「まあ、この商売はなかなか向いているということなのだろうな」

グインはすまして云った。そして、また用意のためにスーティを抱いたまま天幕に入っていった。

午後の部をはじめる前にちょっとしたささやかな騒ぎがおきた。衛兵たちが、強引に列を突破して「どうしても、座がしらと《豹頭王》に会いたい」と、「自分はただの客ではなく、旧知の間柄だから」と主張している男をとらえたのだ。

「なんでも、あんたらをたずねてきた旧知のもので、あんたらもよく自分を知っているといっているんだが、どうするね」

衛兵にそういわれて、しょうことなしにマリウスは、会うだけ会ってみようと承知した。だが、あらわれたものをみたとたん、いやーな顔になった。

「なんと、あんただったのかい。スイランさん」

「ひでえじゃねえか。おいらをおいてきぼりにするなんて」

スイランは、騒ぎ立てた。

「あんなにかたく連れてってくれる——一緒にゆくって約束したのにさ。もうタリサでとっくに興行してるなんて。——抜け駆けはひでえよ。おいらも一緒にゆく、一座に入れてくれるって約束したってのに！　おいら、あんたらが連れてってくれると思ってずーっと待ってたのにさ！」

「そんな約束なんかした覚えなんかないぞ」

怒ってマリウスは云った。

「そんな言いがかりをつけられても困るな。駄目だよ、帰ってくれ。もう午後の部の興行がはじまるんだ。ごらんのとおりの大入り満員なんだ。もう、いまかいまかとお客様は待っておいでになる。すぐにはじめないと、お客様がぶうぶういいはじめちゃうだろう。どいてくれよ、スイランさん。特別に木戸銭はとらないで見せてやるから、おとなしく出し物を見て帰ってくれ」

「俺を連れてってくれよ」

スイランは騒ぎ続けた。

「なあ。俺も一緒にこの一座に混ぜてくれよ。なんでもやるよ。皿洗い係でも、台所掃除でも、馬糞を集める係でもなんでもやるから、一座に加えて連れてってくれよ！　もう、あんたが俺の探してるノーマドかどうかなんてこたあどうでもいいや。俺はただ、とてつもなく面白そうだと思うんだ。それに、もしあんたがノーマドなら、やっぱり俺は恩返しをしなくちゃいけないんだし……」

「まだ云ってる」

うんざりしてマリウスが決めつけた。

「さあ、もう出てゆかないと、出し物がはじまっちゃうんだ。衛兵を呼ぶよ。衛兵を呼んで、この客が出し物をはじめる邪魔をしてるんだといいつけるよ」

「おらあ何も出来ねえけど、剣くらいならちょっとは使うんだよ」

スイランはなおも言い張った。

「なあ、俺も一座に入れてくれよ。どこへゆくんだってかまやしねえよ。こんな楽しそうなことから、仲間外れになるなんて、まっぴらだよ。頼むから、連れてってくれよ——

―もう、傭兵稼業にはうんざりなんだ。こんな大入りなら、下っぱだって左うちわになら」

れそうじゃねえか。頼むよ。俺にも稼がしてくれよ。なんでもする。なんでもするから」

「駄目だよ。とっとと帰るんだ」

「いや、待て」

グインが云ったので、マリウスは驚いた。

「なんだって……グイン、いやグンド……いや、違った、グイン」

「とりあえずこの男、一座に加えてはどうだ」

グインがそう云ったので、マリウスはますます仰天をした。

「な、何だって……」

「傭兵だというからには、どの程度かは知らないが当人のいうとおり、一応剣は使うのだろう。だったら、まず、リナがこの男と立ち合ってあわやというところになる。そこに俺があらわれてこの男を退治してリナを助ける。それでこんどはリナとの擬闘になり、そうしてさいごにきのうのとおりのだんどりになる、というのではどうだ？　そのほうが、いちだんと凝った出し物になるぞ」

「ちょっと、ちょっと、グイン！」

あわててマリウスは、天幕のなかへグインを引っ張っていって囁いた。

「正気かい？　あの男、どこかの間者かもしれないんだよ？　いや、十中八、九、どこかの間者だとぼくは思うよ。それを一座にいれたりしたら――グインがほんもののグインだとか、いろんなことが、ばれてしまったら……」

「もし間者なのだったら、もとよりそのことを疑ってやってきているのだろう。それよりも、いったい、間者だとすれば、どこの国のどのようなものの手先なのかをつきとめたほうがいい」

グインは囁きかえした。

「それに、傭兵だと云っているのが偽りなんだったら、あの男、それなりにすでに『芝居をしている』ということになる。つまりは、そのていどには《芝居》はできる、ということだろう。――正直のところ、リギアひとりでは、この出し物も限界があるぞ。やはり、女剣士をやっつけてみせるよりも、あの男くらいごつい男の剣士をやっつけるほうが観客は喜ぶだろうと思うのだ。それに、ちょっと、俺はあの男と剣をまじえてみたい。剣をまじえれば、ことに擬闘であればなおのこと、相手の剣筋や実力がもっともよくわかるからな。それによって、あいつが何者かもわかるはずだ」

「へえ……そんなものなんだ……そりゃまあ、出し物としては、そのほうがいいけれどもねえ……変化もつくし」

マリウスはやや不承不承、疑わしげではあったが、承知した。それで、かれらはスイランに、とりあえず飛び入りで午後の部に参加してみろ、と告げた。スイランは躍り上がって大喜びであった。

「やったね！　これでもう、おいらはこの一座の新入りだ。座がしら、よろしくお願いしますぜ。なんでも言いつけてくだせえよ、どんな芝居でも、どんな汚な仕事でもやってみせますからね！」

2

と、いうわけで——

『豹頭王グインとマリウス一座』の出し物は、いちだんと手のこんだものになってきたのであった。

これはまたなかなかいいタイミングであった。この出し物がか、それともグインの肉体美がかはわからないが、すっかり気に入ってしまった客のなかには、きのうの二回目の公演から、ずっと全部見続けている、というものさえあらわれたからである。そういうものたちにとっては、この「新しいプログラム」は、たいそう興奮させられるものであった。

マリウスはいささかずるく立ち回って、リギアを説得してリギアにもうちょっと色っぽい格好をさせることに成功した。多少不承不承ではあったが、リギアは天幕のなかで着替えて、クムふうの、胴をまるだしにした服装に着替え、それに籠手あてやすねあてをつけた、いささか変則な、クムの色っぽい女騎士ふうのなりに変身した。マリウスが書いた筋書きは、その色っぽい女騎士が、可愛いスーティをつれてあらわれたところに、みるから人相の悪いスイランがあらわれて、スーティを連れ去ろうとする。それをおしとどめようとしてリギアとの擬闘になり、リギアがあわやというところに、豹頭王グインがあらわれる、といういささかあざといものだったが、これはこの上もなくクムの見物人たちの好みにあったとみえて、これはもう今日の第一回目の興行の何倍ものかっさいを受けた。ことに、気の毒に人相の悪いスイランをグインがこてんぱんにやっつけ、その剣をはねとばして地面に仰向けにひっくりかえして、そののどもとに剣をつきつけて「参った！」と叫ばせると、ひとびとは大喜びで、いつはてるともしれぬ大喝采をはじめたのであった。

そこへまたしても、ちょこちょこと出ていったスーティがやらかしたので、ますます客たちは大喜びになった。スーティは自分のおもちゃの剣がとても気に入っていたので、それをかざして、仰向けになったスイランに足をかけ、グインの真似をして「わるものめ、まいったか！」と叫んだのである。これはマリウスの書いた筋書きでもなんでもなかったが、これほど効果的なものもなかった。

「あのちびめ」

マリウスはひそかに毒づいたり、舌を巻いたりした。

「いったいどこであんなこと、覚えてきたんだろう！——ありゃあ、親父の血、っていうだけでもないや！　あのちびすけ、まったくもってただものじゃないぞ――結局、あいつにさらわれちゃったじゃないか」

だが、マリウスがひがむことはなかった。マリウスの歌とキタラも、非常な人気を呼んでいた。マリウスにしてみれば、長年鍛えに鍛えた自信のわざが、ようやく正当に評価された、というものであったが、マリウスはまた、おそろしくたくさんのレパートリイがあったので、客たちからどんな曲を希望されてもただちにこたえることが出来、グインたちがひっこんでから《拝謁》までのあいだにひとくさり、希望された曲を歌ってきかせるのがまた評判をよんだ。

「なんて、いい声なんだろう。寿命が三年ものびたよ」

「それに、なんて歌がうまいんだろうね！」

「ほんとに可愛いわねえ、巻毛の吟遊詩人マリウス」

「あたし、次の町まで巡業を追っかけていっちゃおうかしら。これでもう会えないなんて、耐えられないわ」

賞賛の嵐につつまれて、マリウスもまさに満足の絶頂というものであった。いや、マリウスこそまさにもっとも満足であっただろう。それこそは、本来吟遊詩人をなりわいとするマリウスにとって、もっともここちよい状態であったのだから。

マリウスはだが、同時に、たいへん現実的できびしい興行師でもあったので、あんまりここで何回も手の内を見せてしまうのは得策ではない、とも判断していた。タリサはこのあたりではもっとも大きな都市だとはいえ、本当の大都会であるルーアンやタイスからみたらまだまだ小さな田舎町である。ここで大当たりをとったところでたいしたことはない。それよりも、「タリサで前代未聞の大当たりをとったそうだ」という評判をもったまま、ルーエに移動できれば、タリサから追いかけてくるものもいるだろうし、ルーエはやや湖からはなれた内陸ではあるが、ルーアンやタイスへの渡し船のための宿場にはなっているので、タリサの評判がルーエに届けば、そこからはほどもなくルーアンやタイスにも届く。

　むろん、マリウスは、自分たちが正真正銘の旅一座ではないこと、本来の目的は、ひとめをごまかすためのものであって、こうして旅興行の大当たりをとるためではないこと、はかたときも忘れたわけではなかったが、それでも、それが、ヨウィスの血をひく芸人のさがというものだっただろう。目の前にあるカルラアの大当たりを逃すことなど、それこそ、イシュトヴァーンが目の前の戦いの勝利をなげうって退却することなどとうてい出来ないのと同じくらいに不可能であった。そういう意味では、マリウスも、まったく畑違いの方向にとはいえ、充分に戦闘的な部分はちゃんと持ち合わせていたのである。そうして、すべての芸人にとって、「大当たりの予感」ほどわくわくするものはないのだった。

そのようなわけで、午後にもう一回、『拝謁の儀』まで含めて出し物をやり、さらに夕方にもう一回、つごう四回の公演をしたあとでは、マリウスの銭箱はもう、重たくて持ち上がらないくらいになっていた。マリウスはそれをタリサの公共取引場に持っていって、もっと持ち運びやすい金塊にかえて、ついでにいろいろなものをさらに買い込んできた。さすがにマリウスも、このタリサでは、「夜の部の商売」のほうは、する気がないようであった。

「いつが最後の興行だというのはふれないでおいたよ」

宿に戻ってから、マリウスはグインにいった。

「もうそろそろ、しおどきのような気がするから——この上あそこで興行をうってもしかたがないし、当面の路用にするには充分すぎるほどの金も手に入ったからね。タリサはもう明日の朝引き上げよう。だけど、それを予告してしまったり、これがさいごの興行だ、とふれてしまったりすると大変な騒ぎになりそうだから、何も告げないでひっそりとひきはらって東ルーアン道をルーエに向かうことにするよ。出発は明日の早朝。道中ではもう、興行をして金を集める必要もないから、ルーエまではまっすぐゆこう。どうせ、そこまでは、何も邪魔が入らなければ、途中で一泊するほどの距離じゃない。そうしてみんなにルーエに待っていてもらって、ぼくは大オロイ湖を乗り切る船の手配をしてくるよ」

「ああ」

「あのスイランはどうするつもりなの？　とりあえず、お前の宿代なんか出してやらないよといって、一応宿の名だけきいてもっと安直な木賃宿にゆかせたけど――明日の朝たつつもりだっていうのも、あいつにはまだ云ってないから、またかごぬけをしておいてけぼりをするつもりなら、出来なくはないけど」

「そのことだが」

グインは考えこんだ。

「あいつをまいても、おそらくまたルーエをさしていることはわかっていて、また追いつかれるだろうと思う。それを思うと、あのまま同行させたほうがいいようだな。――さいぜん、何回か、あいつと剣をまじえてみて、おやっと思ったことがある」

「どうなの、あいつ。強いの」

「かなり、使うと思う。途中で、俺は何回か、まあ多少の手加減はしたが、ちょっと本気――とはいわぬが、多少の本気にやや近い程度の勢いで切り込んでみたことがある。だが、苦もなく、とはいわぬが、あやつ、必死にではあったが比較的確実にそれを受け止めた。むろん、俺が本当の本気で切り込めば、一合はもたぬだろうとは思う。だが、あちらが本当の本気でかかってきた場合には、俺も、本当の本気とはいわぬが、半分の本気ではちょっとしんどいかもしれんな、と思ったのだ」

「うーん……ぼくはそっちはうといから、ちょっと想像がつかないんだけど、それって――グインが『半分の本気ではちょっとしんどいかもしれない』っていうと、それって、どのくらい強いの？　じゃあ、リギアには、どうなの？　グインは半分の本気だったらどうなの」

「リギアはどれほど頑張っても女性だからな」

グインは肩をすくめた。

「こういっては傷つけてしまうかもしれぬから、当人には云ってもらっては困るが――俺が半分の本気を出したらリギアをその場で殺してしまうことになるだろう」

「ふわあ」

マリウスは感心して叫んだ。それから、ドアのむこうに当人とフロリーたちがいることを思い出して口をおさえた。

「ねえ、ねえ、それじゃあ、イシュトヴァーンだったらどうなの？　イシュトヴァーンには半分の本気なの、それとも本当の本気なの？」

「俺は、本当の本気というのは……ああ、あのラゴンの長《おさ》には出したな。ほとんど本気だったな、あのときには。まあまだ、からだの使い方もよくはわからなかったが」

グインは認めた。

「イシュトヴァーンとは……まあ、半分の本気をちょっとこえたくらいでなんとかなるかな、というところではないかな。ただしこれは、あいてが本気でかかってきて最初の二合までだ。イシュトヴァーンは俺に比べればずいぶんと体格が劣るから、その分体力もない。まあ、普通の戦士よりははるかにあるけれどもな。ただ、たぶん酒を飲むせいだろうが、持久力という点では、若干、その年齢や筋肉のわりにもろい気がした。まあ、最初の二合を半分の本気で受け流していれば、それをすぎたらたぶん、俺は相当遊び半分でイシュトヴァーンのもっとも本気の攻撃をいつまででもかわせるだろう」

「すごい」

マリウスは目をまんまるくした。

「それじゃ、グインが、これまでに、ああ、これはかなわない、絶対このあいてにはかなわない、あるいはこれは本当に本気を出さないとかなわない、と思った相手は……いないの？　これだけ広い世界に、ひとりもそういうのはいないの？」

「むろん、これまで俺が会ったなかでは、という限定つきになるぞ。そして、俺は、いまのような状態でノスフェラスで目ざめてからは、そんなにたくさんの人間と会ったというわけでもない」

グインは云った。

「そうだな——最初のうちはよくそういうこともわからなかったが、だんだん、なんだか、どうも俺は本当に強いらしいなとわかってきてな。——そういうとばかばかしいが、なんといったらいいのだろう。他のものが何がそう弱く見えるかというと、俺の目には、相手の動きが全部、まるで止まっているようにゆっくりとして見えるのだ」

「へええッ……」

「それで、こちらは、相手が次にどうしようとしているか、すべてわかるので、それの裏をかくこともあまりにも簡単だ。イシュトヴァーンをみて、それでは、多少手応えのある戦士もこの世界にいないわけではないのだな、と思ったのだが」

「へえ……」

マリウスは気付いてぎくりとしながら云った。

「そ、そのイシュトヴァーンに……半分の本気をちょっとこえたところっていったよね？　ということは、あのスイランはそんなに――強いんだ？」

「まあ、そういうことになるかな」

「それって、ああいう傭兵だから当たり前だというような、戦い馴れてるとか、そういう話じゃないんだね？　本当に、あんな無名の傭兵をやってるのはおかしい、というくらい、強いわけだね？」

「と、思う。まあ、世の中は広いのでそのくらい強い傭兵がいてもおかしくはないわけだが、あいつは、その強さを隠している。斬りかかってくるときでも、わざとひょろひょろしたり、少し遅めに切尖を突きだしてきたりする。だが、俺が試しで斬りかかってみたときに受け止めるときには、そうできないで思わず本気で受け止めていた。むろん、相手が受け止められなければ、そこで剣をぴたりととめてやるつもりではいたのだがな」

「グインって――本当に……すごいんだ……」

マリウスはいたく感心して深く首をふった。

「ぼくにはそんなに強いのって、想像もつかないけど……いったい、どんな気持がするものなんだろうね、そんなに強いのって？　ああ、でも、じゃあ、あのスイランは、見かけよりもずっと危険かもしれないわけだね？」

「危険かどうかはわからん。だが、見かけどおりの人物ではない、というのも確かだ。だから、まあ、どこかの間者だ、という可能性は高いだろう。だが、同時に、どういうわけかわからんが、あの男は、あまり、われわれに害意を抱いてない、という奇妙な感じも俺にはするのだ。――だから、まあ、間者なのかもしれんが、そうではない、われわれがそれぞれに素性を隠しているように、もしかしたら、何かあいつにも、隠した素性があるのかもしれん。それとも、間者ではあっても、我々のようすをみている、というだけのことで、敵国の間者として我々をさぐっている、ということではないのかもしれん。――そう考えると、俺はあの男が面白い。というか、興味がある。だから、連れていって、どこかでぼろなり、本性なりを出すところを見てやりたい気がするのだな」

「そうか……」

　マリウスはしばらく考えていた。

　それから、おもむろにうなづいた。

「そういうことならば、いいよ。スイランも連れてゆこう。じゃあ、業腹だけど、一座に加えてやるってことで、この宿にうつらせてやるかな。ただしもっと安いちっちゃな部屋にひとりでおいとくよ。この部屋のとなりにいい部屋なんかとってやらないぞ。それに、馬は自分のを持ってこなけりゃ、歩きでついてくることになるんだ、といってやろう。——ところでね、グイン」

「ああ」

「せっかくぼくがきれいにぬりたてた馬車なんだけど、あれだけだと、ぼくが御してスーティとフロリーが乗って、そこにあなたが乗るのは無理だから、あの馬車であるかぎり、あなたは歩かなくちゃならない。といって、馬を買っても——グインをのせてそうそう長く歩ける馬はいないから、しょっちゅう乗りつぶしてしまうと思うんだ。だからね」

「ああ」

「あの馬車は——そうか、それこそ、あの馬車をスイランに御させてついてこさせ、ぼくはもうちょっと大きな馬車で、フロリー親子とあなたが乗れる程度の二頭だてを買ってしまおうかなと思うんだよ。そうしたら、このあと陸路ルーエにむかうのはとっても楽になる。それに、きのうときょうで、ぼくたちの一座は、ほんとに、驚くべきかせぎをかせいだんだよ！　ちょっとした空前の記録になるくらいの売り上げを記録したんだ。特に、あの『拝謁の儀』がばかうけしたからね。ぼくはあれこれ考えて、もっとこんなちゃちなんじゃなく、立派な玉座だの、マントだの、もちろん芝居のってひと目でわかるのではあるんだけど、もうちょっとあなたを立派にみせるような王冠とかを手にいれてこようと思うんだ。ついでに、リギアをもうちょっと色っぽく見せるような衣裳とかね！　それに、スーティも、あれもなかなかやるから、あの子にも、ちょっといろいろ衣裳を考えてやろうと思う。さいわいに水神祭りが近いので、タリサの町なかの店ではそういうお祭り用の衣裳だのをいろいろ取りそろえているのを見ておいたんだよ。あのお金、ちょっとそれに使ってもかまわないかしら」

「それはもう、その金はお前のものだし、お前がどう使おうと勝手だ。好きにするがいい」

「有難う。——そうか」

奇妙な顔をして、マリウスはいった。

「ときたま忘れているんだけどさ！　よく考えると、ぼくたち——義理のとはいえ、きょうだいなんだねえ！」

「ああ、そうだ。そしてお前が俺の義理の兄というわけだ。そう考えれば、お前が俺をどのように使おうと、その金をどう遣おうと、いわば兄弟して稼いだ金だ。お前の自由にしていいのじゃないかな」

「なんだか、本末転倒にならないように気をつけるよ」

マリウスは苦笑して約束した。

「だって、それで『本物らしくしよう』って思いすぎて、あんまり立派な衣裳や王冠を買い込んできたら、ほんとにそれこそ、グインは『ただの本物』に見えてしまうだろうし。――それじゃあ、せっかくの『豹頭王に扮する旅役者』っていう仮装が、仮装にならなくなってしまう。そうでなくてもね、ぼくはあの『拝謁の儀』をみてつくづくと思っていたんだ。ああ、なんといったらいいんだろうか、本当に、本性というのは隠すことが出来ないんだなあって。――本当ならあんなの、おもしろはんぶんの見世物なんだろうに、あの天幕から出てきた人たちは、みんな一様に、頬を真っ赤にして感激しているんだもの。あなたは、やっぱり、すごいよ、グイン――普通じゃあないよ。なんといったらいいんだろうな――もともと、生まれついての王者なんだと思うな。あなたのような人こそ、生まれついての王者というんだろう。そういうひとが王者になるのは当然だし、いいと思うんだけどね！　ぼくみたいに、こうやって旅興行をしてかせいだ金をかぞえ、明日は何の歌を歌おうかと思ってるのが一番幸せな人間をとっつかまえて、パロの王太子につけるなんて、気が狂ってるとしか思えないよ！」

「その考えには、思うことがないでもないのだが」

いくぶん気の毒そうに、グインは云った。

「だが、パロにはパロのやむにやまれぬ事情もあるのだろう。――いまのところ、リンダ女王には、世継の男児が生まれるという見込みもまったくないようだからな。そもそも、その父親となるべき人間がおらぬわけだし。――いや、マリウス」

「うん……」

「お前はそういうが、俺は、さきほどのように皆をキタラと歌ひとつで従え、意のままにひきまわし、泣かせたり喝采させたりしているお前をみていて、感じるところがないわけではないのだ。お前は自分でいっているよりもずっと、本来は、帝王に向いておらぬわけではないと思う。ただまあ、何を幸せと思い、何を不幸せと思うかはひとそれぞれというものだからな。――お前にとって不幸だと思うのだったら、それはお前にとってはまさに不幸なのだから、ほかのものがいや、そうではない、といったところではじまらぬ。よしんばそれが他人ではなく、一応義理の弟であるところの俺がいう忠告であってもだな。だから、それはもう、お前の望んだようになるのがお前にとっては一番幸せで、パロの国のためにどうこうというようなことはやはり、よけいなことだとは思うが」

「でしょ？　だいたい、ぼくは旅がこんなに好きなんだよ！　そのぼくに旅をさせないでとじこめておこうなんて、それこそ拷問みたいなものだよ」

マリウスは慨嘆した。

「いいや、ぼくはもしかしたら、クリスタルまではゆくけれども、クリスタルが近づいたらとんずらしちゃうかもしれないけれどね。もしも、どうもクリスタルに入って——ことにクリスタル・パレスに入ったらもう二度とは自由に、勝手気儘に外へ出ることも出来なくなりそうだ、となったらね。でも、そういうときでも、ぼくはグインがかりそめにもぼくときょうだいなんだ、ってことだけは絶対に忘れないよ。その意味では、もうタヴィアがぼくのことを夫だと思ってはいないかもしれなくても、もう法律的にはぼくとグインが義理の兄弟ではなくなってしまったとしても、ぼくにとっては、もうグインは他人じゃないよ」

「俺も、記憶を失ったなりに、お前のことは、やはり他人だとは思えぬ」

グインはうなづいた。

「これまでのこの道中をしてきても、やはり、お前はなぜだか俺にはとても身近に、そして、他人ではないのだ、と思われてならなかった。お前は、俺がお前とイシュトヴァーンと、長いこと、かつて——まだずっと若いころに、あちこちへ旅して歩いていた、といったが、そのときの記憶がからだのどこかに残っているのだろうか？　こうしてお前と旅しているのは、このとっぴもない興行の試練にもかかわらず、俺にはなんだかごく自然な、昔からこうしていたことのように思われてならぬ。――それゆえ、もしお前がクリスタルを前にして逃亡するのであっても、それはそれで、お前の気持ちはよくわかる気もするので、止めはせぬが、しかしパロ王家のほうは困るのだろうな」

「それはまあねえ……」

マリウスは複雑な顔になった。

「まあいいや。それはでも、とにかくパロに到着してから考えればいいんだ。パロの国境をこえたって、まだ、クリスタルまではずいぶんあるからね。そのあいだに何か情勢や気持がかわらないものでもないし。とにかく、ルーエでまた一回かるく興行を打って、それでオロイ湖を渡ろう。だんだんこうして人数も増えていって、馬車もかえるってことになっちゃうと、オロイ湖を渡るのにかなり大きな船が必要だろうから、もう少しお金を集めておいたほうがいいと思うんだ。それに、この一座の評判がたっていればいるほど、たぶん、クムの国内は通過しやすくなるよ。もっとも水神祭りがはじまってしまうと、なんでそれに参加するためにタイスにゆかないんだって云われてしまいそうだけれども。でも、こないだのあの、タリサにくるまえにすれちがった旅の一座みたいに、みんながタイスやルーアンに集まるから、がらあきの田舎をねらってゆくんだ、っていうものだっているからね。――それはそれで、立派な言い訳になるだろうし」

「お前は、なんだか、タリサにきてから——いや、この興行をはじめてからとても楽しそうだ」

グインは笑った。

「水を得た魚とはこういうののことをいうのだろうな。確かに、そうしたお前を見ていると、そのお前を宮中にとじこめて、不幸にしてしまうなどというのはとんでもない罪悪だ、と思えなくもない。——だが、まあ、血筋というものはあらがえぬもののようだ。あのスーティを見ていてもな。——あの子こそ、俺はいろいろなことを考えてしまったのだが、あの子もまた、ただものではない一生を送ると思うぞ。いまからすでに、あの子はもうほかの同じ年の子供とは似ても似つかない何かをもっている。むろんそんなにほかの子供などを俺が知っているわけではないが。だが、あの子はおそらくただの人にはなりようもない。なんとか無事に、その資質を存分に発揮できるような育ち方をさせてやりたいものだ。それがいまのところの、俺の一番の願いだな」

3

そのようなわけで、大評判をよんだ『豹頭王グインと吟遊詩人マリウス一座』は、翌朝早く、ユー・シンのはたごをひきはらい、新しい、マリウスが買ってきた茶色の地味で大きな二頭だての馬車にグインと、そしてフロリーとスーティとをのせてマリウスが御し、小さな無蓋馬車はあらたに一座に正式の座員として加わることになったスイランが御して、そしてマリンカに乗ったリギアがついて、ルーエめざして出発したのであった。馬は、新しく買ったのは一頭だけですんだ――スイランが、自分の馬を持っていたからである。その馬をスイランが二頭だての馬車に提供してくれ、そしてゾフィーにひかせた無蓋馬車を御することをこころよく承知したので、万事好都合ということになったのであった。

「なんだ、もういっちまうのかい。これから、水神祭りだっていうのにさ」

ユー・シンおやじはたいそう残念がった。だが、一方では、水神祭りだからこそ、タリサのような田舎町ではなく、ルーアンかタイスをめざすのだ、というマリウスの説明は非常にもっともだったので、納得はせざるを得なかった。

「まあ、このタリサは、いくらひとが集まるといっても、せいぜいが何百人どまりだからな。それでものべにすりゃあちょっとしたものになるだろうが、ルーアンやタイスの目抜き通りで小屋打ちができりゃあ、一気に何千人という客だって呼べるんだ。そりゃあ、誰もが都に出たがるわけだわな」

「そうだねえ。ぼくも本当はもうちょっと稼いだらもっと大きな看板をつけた馬車を買おうと思っているんだけれど、それまでは、ちょっともう少し地道に稼いだほうがいいのかな、とも思うんだけれども……」

「いや、あんたらは、どこへいったって立派なもんだよ」

おやじは、わざわざはたごをあけて、親水広場までうわさをきいて出し物を見に来て、ついでにちゃんと『拝謁の儀』もして、一本、クム名産のはちみつ酒を『お供え』して帰ってきたのだった。むろんそのはちみつ酒はその夜のかれらの飲みしろになった。

「こりゃあ、長年親水広場に集まるたくさんの旅芸人の一座を泊めてきたわしがいうんだから、間違いないよ。――最初にうちにやってきたときはなあ、なんだかみすぼらしいちゃちな馬車で、なんだかほんのちょんぼりした編成で、こんな連中で金が払えるんだろうか――とちょっぴり心配もしたんだがな。だが、豹頭王さんの姿をみてすっかり安心したが、ひるまの広場での出し物をみてすっかり感心したよ。――いやあ、なんというても、そりゃ豹頭王さんの剣技もすごいし、がたいも立派なもんだし、見世物としても堂々たるもんだが、それもあるが何よりもマリウスさんや、あんたの歌がいい。わしもこのちょうど東西南北がまじわるタリサで長年はたごをやって、芸人たちをとめてるが、これほどうまい、これほどいい声の吟遊詩人を聞いたのは生まれてはじめてだったよ。そりゃあ、あんたは、どこのカルラア神殿でだって、特等賞をとりなさるだろうよ」

「事実、たくさんとったよ」

マリウスは得意の鼻をうごめかせた。

「サイロンでも特等賞の賞金をもらったし、以前にルーアンでもけっこういい思いができたよ。――この歌と、いっちゃ何だけどこの容姿のおかげで、ぼくはずっと安楽に旅を続けてきたんだ」

「そうだろうとも。――また、もしタリサにまわってくることがありゃあ、かならずユー・シンのはたごを定宿にしなされや。こんどはもっと心やすくもてなしてあげるからね。こんどからは常連さんじゃから」

「うん、この宿の料理はとてもどれもこれもうまくてよかったし、寝台にもいやなシラミ一匹いないし、とてもよかったよ、おやじさん。どうもありがとうね」

「達者でいきなされや」

名残惜しげなユー・シンおやじに見送られて、かれらの一行は、まだ朝まだきのタリサをあとにしたのだった。

どこにゆくにも、タリサをぬけるには親水広場を陸からでも運河からでも、いったん通り抜けないわけにはゆかなかったので、かれらの馬車も、そこで二日間の初興行で大成功をおさめた「思い出の広場」を通らざるを得なかった。まだまだほとんどの露店もやっていない、ましてや小屋がけも出ていないほどの、運河に朝もやがたっているような早朝だったが、それでももう、何人かのタリサのひとびとがいて、かれらをみるともうなつこく手をふった。かれらはこの二日間ですっかりもう、この町のお馴染みになっていたのだ。

そこにこの時刻にいるのは、これから早朝に露店をあけようという連中ではなく、逆に、夜通し店をやっていて、これから帰って寝につこうというもっと夜更かしな連中だった。早朝のがらんとした広場にかれらの馬車がやってくるのをみると、その人々はいっせいに手をふって、「今日も興行するんだろう？」「今日は夜の部があれば見に来ようかな」などと声をかけてきたが、マリウスが、もう今日はルーエにむかうのだ、とこたえると、びっくりもし、またがっかりもしたようだった。

「なんとまあ！　たった二日でもう発っていっちまうのかい？」

「勿体ねえな。あんなに大当たりをとっておきながらさ」

「まあなあ、だが、あれだけ当たれば、たかがタリサで興行してるのは勿体ないさね」

「もっと、でかいところへ——そうさな、ルーアンかタイスか、どっちかへゆくんだろ？」

「とりあえずルーエへね」

マリウスは漠然とした答えかたをした。

「そうか、きょうはでも、衛兵たちがまたきてくれたりしたら——それにお客さんを待たせておいてても気の毒だな。じゃあ、これを貼ってゆこう」

マリウスはそれもちゃんと用意していたので、

「豹頭王グインと吟遊詩人マリウス一座への御贔屓ありがとうございました。この一座のタリサでの興行は昨日でおしまいです。この次の興行はルーエでいたします」と書いた大きな張り紙をとりだして、そのような宣伝やふれがきの紙を誰がはりつけてもいいように広場の目立つところに立っている、大きな広告板にはりつけた。そして、それをちょっとあとにさがって仕上がりを眺めると、また馬車の御者席に乗り込んだ。

「なんだか、さすがにちょっと、お名残おしい気分になってくるけどねえ……」

マリウスは馬を御しながら朝もやにかすむ運河の町タリサの町並みを眺めてつぶやいた。

「ぼくにとっては一生一度というほどのカルラアの大当たりをとった町だもの。とても思い出深い町になってしまったなあ。——これも、でも、べつだん本来の目的じゃあなくて、ちょっとした思いつきからはじまったことだったんだと思うと、よけいふしぎな気がするけど。——でも、さよなら、タリサ。ここはいい町だったし、とても楽しかったよ。もう、ぼくはきっとこういう巡業でこられることもないからな……きたとしてもぼくひとりっきり、キタラをかかえて歌をきいてもらうだけだ。——ああ、本当にぼくがただのヨウィスの民の吟遊詩人で、こうやって自分の一座をひきいて、旅から旅へ、一生を旅興行のなかで過ごしてゆけるんだったら、どんなにいいだろう。どんなにわくわくして、どんなに幸せで、どんなに楽しい一生だろうに。——なんで、ぼくは……あんなところに……あんな両親に生まれてしまったんだろう。せっかく、ヨウィスの民の血をひきながら……あんなところに……」

感傷的になって、マリウスは、キタラは背負ったまま、低い声で歌をくちずさんだ。それは、パロで有名な、別れと旅立ちを歌う「出発の杯の歌」だった。

(杯をあげて、旅に出よう——旅のまえに、この酒をのみ、友に別れを告げようか)

(明日の朝にはいずこの街角——ひと月のちにはいずこの地へ……)

(誰も知らぬところへ　見たこともない町へ……ぼくは旅に出る)

(友よ、覚えていておくれ……旅立つぼくを……もしも帰ってこなかったとしても……)

しだいに、マリウスの声は、大きくなり、ついにはろうろうと朝もやにつつまれたタリサの運河にひびきわたった。

朝の早いグーバの船頭たち、トウシンアシを刈る漁師の女房たちはもうこの時間でも起きて、グーバに乗ってあちこちの水路を行きつ戻りつしている。その連中が、この時ならぬ歌声をききつけておどろいて顔をあげ、そして親水広場を通り抜けて東ルーアン道へ向かおうとしているマリウスたちの一行を見た。

「あんたら、きのうの豹頭王一座じゃないか！」

「なんだ、もう行っちまうのかい」

「なんだよ、今日あたりいよいよいってみるかと思ってたのに――」

「もう行っちまうのかい。まあ、せいぜいがんばってお稼ぎよ」

「また、まわってきとくれよ」

「さようならぁぁぁ……」

グーバの上から手をふる女房たちにマリウスは鞭を大きくふってこたえた。

（そう、旅芸人は、やってきて、一夜の夢をのこしていってしまうものさ）

マリウスの歌がそのまま、「旅芸人の歌」にかわってゆき、そしてその声はますます大きく運河に響いていった。

（だから、旅芸人に恋をしちゃいけない、泣いちゃいけない、町の娘よ――旅芸人は、

必ずいってしまうもの——あとには何ものこらない)

(きのう広場には紙吹雪があふれ、ひとびとは役者の名前をよんで喝采したけど……いまはもう広場にはなにもない　石畳に紙吹雪がはりついているだけ……)

(だけど、泣かないでおくれ、エミーリア——きっとまた、何年かしたら、戻ってくるよ……そのときにはまた、きみの一夜の愛をおくれ)

(ぼくは一夜の歌と夢を、きみたちみんなにあげるから……)

「ええッ。もういってしまうの?」

　声をききつけて起きだしたのだろう。ばたばたと、運河に面した家々の窓があいて、きのう親水広場でかれらに熱狂したらしい娘たちや、女たちが高い窓や低い窓からあわてて顔を出した。

「ええッ、本当に?　もういっちゃうの?」

「マリウスさーん。そんなのないわ。もういってしまうの?」

「少なくとも、きょうは公演してくれると思って……おめかしして、出かけるつもりで待ってたのに……」

「またくるよ」

　マリウスは思い切り高々と声をひびかせた。

「またきっと、いつかぼくはやってくるよ。ちがう出し物を持ってかもしれないけど、またきっとやってくるよ。——そのときまで、さよなら。さよなら、タリサの町——さよなら。さよなら……」

なかには別れを惜しんでわっと泣き出すものもいる。窓から、落ちそうに身をのりだして、白いハンケチを振る娘もいる。

(ぼくは……なんてたくさんの町をこうやって通り過ぎてきたことだろう)

(なんてたくさんの愛を……そうやって、一夜限りの愛をつむいで……歌をうたって、そう、いつも、歌を歌って……)

マリウスの目も、いつになく甘やかな感傷の涙にぬれた。

マリウスはその涙を見られまいと、ぐいと、吟遊詩人の三角帽子を深くかぶり直した。それはもちろんもう、あの舞台用の派手派手しいものではなくて、いつもの自分のものだ。リンリンと鳴る鈴も、きらきらしいふさかざりもついていない。タリサの町もまた、同様に、おだやかでこともない一日がまたひとつあけてゆこうとしている。朝もやが晴れ渡ってゆくと、運河の向こうに、小オロイ湖のひろがりが青くみえる。そのかなたに、かすかに蜃気楼のように浮かんでみえるのは、ルーアンの、てっぺんがまるく、そのさきがさらに細長くなったキタイめいた格好の尖塔の群れだ。

(またくるといっても……きっともう、ぼくは二度とタリサにくることはないかもしれないな……)

(少なくともこの一座じゃあ、絶対にくることはない——だって、ぼくたちは、本当の旅芸人じゃあないんだから……)

それは、なんと残念なことだろう——素晴しい一座なのに、とマリウスは考えた。だが、そのままもう、すべてを忘れて、街道を急ぐことに専念した。

まもなく、道はタリサの市中を出て、ふたたび赤い街道へと乗り入れていったのだった。

かれらの足の下にはまた、見慣れたあの赤煉瓦のすりへった赤い街道があらわれた。そして、もうようやく朝もやもすっかり晴れた東ルーアン道は、右側が小オロイ湖にそっているので、右手にきらきらと輝く青い水がひろがっていた。

そこはもう完全に水郷そのものであった。ゆたかな青い湖水は美しく、その彼方に対岸の都市やもっと小さな村の屋根屋根が見える。そして、小オロイ湖といえどもそれなりの大きさはあるので、そこをタリサ水道やタリサ市中の運河とはまったくけたの違う大きな渡し船がすべるように湖水を渡ってゆくのがよくみえて、それはとても美しい、風情ある眺めであった。

その大きな船のあいだをぬうようにして、ミズスマシのようなグーバがあちこち好き勝手に動き回っているのは、もう見慣れはじめてきた景色である。そのへさきがたかだかと持ち上がってかぎ型にまがっているグーバの上に、ひとりづつ、まんじゅう笠をかぶった船頭が棹を手にしているのも、また、ふくらんだパンツをはいたクムの女たちがグーバの上で、頭の上に物売りのざるや籠をのせて呼び声をたてているのも、すでに運河で見慣れている。

だがこのあたりまでくると、木々もなんとなく、これまでと違いはじめていた。途中にはまったく葉っぱがなく、幹のてっぺんのところにまとまって濃い緑の長い葉っぱがいくつもついているバナームの木や、クムの有名な竹細工のもとになる竹やぶ、幹も葉も緑色でそこに真っ赤な大きな花がついているのでとても目立つシレンの木、緑色の実をつけたカンの木、などなど、植物相もすっかり国境地帯の森とはようすが変わっている。とても葉っぱの大きな、その太い茎も地下茎も食用になる水草であるハースが白い美しいあやしいほど大きな花を水面に浮かべている。そのあいまをぬって色鮮やかな漆黒と純白に塗り分けたような水鳥がたくさん泳ぎ回っている。

空をゆったりと飛んでいるのは、湖水の魚を狙っている長いクチバシと長い細い足をもつ純白の鳥シーラ鳥だ。そのシーラ鳥を狙う肉食の猛禽カービーがさらに上空を一見のどかにぐるぐると輪をかいていたかと思うと一気に急降下してくる。

岸辺には赤や茶色の太鼓橋がいくつもかけられていて、グーバを使うまでもなく小さな運河を渡れるようにとはからってあった。小オロイ湖の岸辺はとても入り組んでいるので、小さな入り江がたくさんあるのだ。そして、その入り江に船つき場がいくつも作られている。

空気はとろりと甘く、なんだかもう、もっとずっと南方にきたような感じをおこさせた。湖水のはたには水田がひろがっており、やはりまんじゅう笠をかぶって耕作している農民たちのすがたが見える。

それはのどかで、しかもどことなく頽廃的な感じをおこさせる、いかにもクム特有の景色であった。彼方に見える山々さえも、ここいらあたりからはもう、けわしさを失い、まろやかな、なだらかな曲線をしか見せていないようだ。そして、その水郷のそこかしこにはむろん網の目のようにはりめぐらされた運河が、田圃や家々のあいだをぬってなだらかな山のはざまへのび、その細い水路にももれなく小さなほっそりとしたグーバのすがたがある。

クムは、キタイからの移民たちが、たまたまキタイとよく気象条件や風物の似ていた中原のこのあたりにまとまって移住して作り上げた国家だ。それゆえ、クムの風物だけが、中原のなかでもきわだってキタイふう、東方ふうで、パロともケイロニアともゴーラとも——むろん沿海州とも草原とも、中原のどこととも似通ったものがない。人種から顔立ち、風習から気質にいたるまで、「クム人はクムにしかいられない」ということわざがあるとおり、クム、というきわめつけのはっきりとした特徴がある。食べ物も、着るものも、みな、ほかの中原の諸国はそれなりに地域差や気候や歴史の差がありつつも、なんとなく最低限の共通点はあるが、クムはそれがない。

もっとも言語のほうはなまりはあるものの、中原に共通のキレノア言語であったが、それももともとはキタイ語が中心であったのが、中原のまんなかにある都合上、交易中心の国家として生き延びてゆくために、古来のクムの領主たちが意図的にキレノア語を取り入れていった結果だ、といわれている。もともとは、クムにはクム独自の、むしろキタイ語としかいいようのない言語だけがあった、という伝説もあるのだ。

そのようなことを考えながら、マリウスはのどかに二頭の馬をうたせていった。赤い街道は、しだいに日が高くのぼってきて、ただでさえとろりとおだやかなクムの光景によけいうららかな、だがどこかあやしい頽廃的な光をふりそそいでいる。

赤い街道は、かなりのにぎわいで、ひっきりなしに巡礼だの、隊商だの、さまざまな旅のものたちが通ってゆく。うしろから矢のように馬を走らせてきて、それらの荷車や馬車のあいだをぬうようにして追い抜いてゆく早馬もひっきりなしに通ってゆく。また、あの例の海胆のようなとげだらけのかぶととごついよろいをつけ、重たそうに馬にまでよろいをきせたクム兵の一団が、独特のかけ声もろともだく足で行進してきて、一瞬マリウスをぎくりとさせたが、そんな小さなありふれた旅芸人一座になど、目をくれることもせずにまっすぐ横を通り抜けてタリサの方向へ消えていった。

この東ルーアン街道は、短いが赤い街道でもかなり重要とされる道である。クム北部から中部へ下るためには、小オロイ湖の水路をとるほかにはこの東ルーアン道しかないし、ルーエから道はタイス道とルーアン道にわかれる。そして、クムの主要な都市はすべて、オロイ湖周辺に集中しているので、この東ルーアン道と、ルーアンからイリアン、そしてはるばるとサルドスへむかう西ルーアン道が、クムにとってのもっとも主要な幹線道路といっていいのだ。

そして、クムはまた商業国家でもあるので、この幹線道路は文字通り、輸出入のための陸の大動脈である。それもだが、大オロイ湖とともに分断され、大オロイ湖にさえぎられるともう、あとは、思い切り迂回して陸路オロイ湖の湖畔をたどるか、あるいはオロイ湖を縦断するしかないが、誰ひとりここではもう陸路をとろうというものはない。オロイ湖は『中原の中の海』だ。それを渡ることなしには、クム中心部を縦断することは出来ないのだ。

タリサからルーエまでは、ほんの四、五ザンの距離であった。荷物がぐんと軽くなったのでゾフィーも元気いっぱいにかなりの早足でかけている。マリンカはもちろん、やっと本来の役目にもどり、愛する主人をのせて、ひどくほっとしたようすで元気に歩いているし、マリウスの馬車も、二頭立てになったので、中にグインと、それにフロリーとスーティとが乗っていてもぐっと楽になっていた。

茶色の新しい馬車はかなり大きく、そして窓のところにはカーテンをしめてしまえば中はまったく見えない。ゾフィーのひく無蓋馬車も扉をしめて、あの例のにぎやかな看板を内側に折り込んでしまえば、ただのちょっと派手な旅芸人の馬車である。

それにもかかわらず、ときたま、二頭立て馬車の御者席のマリウスにむかって手をふるものたちもあったのは、おそらく、それもきのうかおととい、タリサの親水広場の興行を見に来たものでもあっただろう。このあたりからは、陸路よりも、むしろ水路を通ってなら、タリサへの往復はごく早い。

マリウスはそれらに機械的に手をふりながら、ルーエについてからのことを考えていた。やがて、道は、微妙にずっとそっていた湖水からはなれ、やや森のなかへ入っていったが、そうすると、石の都生まれのマリウスでさえ、なんだか淋しいような気分にとらわれた。きらきらと輝く湖水と運河は、いつのまにか、見慣れてしまうと、それがかたわらにいつも光っていないのが不思議のように思われてくる。

だが、森を少しぬけるとそれにかわって、内陸の町ルーエがあらわれてきた。もっともルーエからも、ものの半ザンもかからずにまたオロイ湖畔に戻ることが出来るし、そこはまさに小オロイと大オロイのまじわる場所である。小オロイと大オロイはもともとはつながっていなかったのを、何百年も前に船を通すために人工的に運河を造ってつないだ、ということで、その運河はルーアン水道と呼ばれているが、長さはタリサ水道の半分ほどしかない。そのかわり、幅はタリサ水道よりずっと広い。なにしろ、そのルーアン水道のむこうはもうルーアン、大クムの首都ルーアンなのだ。

(やはり、ルーアンは避けたほうが無難だろうな……となると、もろもろ、船を探したりするのに、今夜はルーエ泊まりってことになって、それで、まあなんだったらそこでかるくひと興行打って――それで、あさっての朝一番で、船をしたててヘリムへ渡れば……)

オロイ湖を渡ってしまえば、あとはもうクムはうそのようにひっそりとする。ルーアン、バイア、タイス、オルド、ガヤ、ガナール、といった、クムの名だたる大大都市はすべてオロイ湖の北側の岸にそってある。逆に、南岸のヘリム、その南側のミト、ネームなどはごく小さなさびれた、人口も少ない農村でしかない。そしてもう、ミトまでくれば、あとはいくばくもなくサラエム周辺でパロとの国境をこえる。

(パロか……また、パロに戻ってゆくのか……)

戻れば、また、王家のあとめをどう、王太子の立太子をどう、といった浮世の問題にまきこまれざるを得ないのだろうか。

それを思うと、マリウスの陽気な顔もとかくかげりがちになる。歌も、出なくなる。

(ぼくは……何があろうと、あの石造りの宮殿になんか、とじこめられて一生を終わったりしないぞ……するもんか……)

だが、パロに入ってしまえば、じわじわと、またしてもその手の問題が迫ってくるだろう。マリウスはそう考えるとおのれのなかに流れているパロ聖王家の半分だけの青い血をふかく恨みたい気分になるのだった。

（いっそ……サラエムに入る前に、ぼくは……）

だが、リギアがいる。リギアのほうは、マリウスに対して、どのように考えているのか、やはりパロ聖王家の残された唯一の近い王位継承権をもつ王子として、義務をはたすべきだ、と考えているのかもしれない。それを考えると、またしても気が重くなって、マリウスは、どこまでも続く赤い街道に目をおとした。

4

一行はかなり早く、夕方の前にルーエに到着することが出来た。ルーエはちょっと湖畔から山のほうに入った、だが高みから見下ろせば充分に美しい小オロイ湖も、もっと高いところから見れば大オロイもその彼方のルーアンの尖塔群もおぼろげに見えようという小高い丘の上の町で、だがそこにも、小オロイ湖からつづく水路がいくつもひかれていたし、またやや大きな川も流れていたので、やはりどこかに水郷のおもかげをとどめていた。

マリウスはそこでも興行をうつかどうか、ちょっと考えていたが、ルーエに到着して、町なかに入っていったとたんに、「豹頭王だ、豹頭王だ」と叫びながら子供たちが集まってきたので、びっくりした。すでに、『豹頭王グインと吟遊詩人マリウス一座』の評判は、ルーエまでも届いていたのだ。

子供たちだけではなく、町のものたちも、この評判の一座の到着を心待ちにしていたようだった。早速、ルーエの町の顔役だという男たち数人が、馬車を出迎えにやってきた。

「ようこそ、ルーエへ。きのうおとといとタリサで大当たりをとったそうだね。タリサとはしょっちゅう往来をしておるもので、もうその話はよう聞いておるよ」

「たいそう見応えのある出し物だそうだな。——ルーエの町からタリサとは、毎日往復している者も多いので、タリサできのう見たという連中が、ぜひルーエでも興行をうってもらえといっている。そこでひとつ、ぜひともルーエでも何回か興行を見せてほしいんじゃがね」

「もちろん、ぼくたちは、そのつもりですよ」

ルーエではどうしようか、などと考えていたことなど、まるきり忘れてしまったかのように、にこやかにマリウスは即座に答えた。

「そのつもりでルーエにやってきましたので。ルーエでの興行の手続きについて教えていただければありがたいな——やっぱり、届け出をして——そうして、ふつうは、興行はどこらへんでやるのが一番多いんですか？　タリサの親水広場にあたるようなところはどこなのかしら？」

「ルーエの町の中心部は栄通りというんだが、そこはたいした広い場所はないんだよ、お若い座がしらさん」

ルーエの町の顔役たちは顔を見合わせ、相談しあってから答えた。

「だが、こっちにおられるのは、この町の長老格の、穀物問屋のハイ・ランさんだがな。ハイ・ランさんのお屋敷はルーエで一番広く、そうしてそのお屋敷の中庭はとてつもなく広くて綺麗なので、何かうわさの高い出し物がやってくると、よく、ハイ・ランさんのお屋敷の庭が上演の舞台になるのだよ。お屋敷には別棟もあるのでそこに一座のものたちを、あまり大人数でなければ泊めてもてなすこともよくある。ハイ・ランさんも、ルーエの町のものたちも、たいそうその手の出し物が好きでなあ」

「そう、わしの家ならば、いつでも使ってくれてかまわんよ」

ハイ・ランというそのでっぷりと太った、いかにもクム人らしく目のつりあがった老人は楽しそうに云った。

「一座は何人じゃね？　なに？　たった五人と子供ひとり？　馬が四頭に馬車が二つ？　それっぽっちだったら、宿屋をとるほどのこともない。うちに泊まりなされ。たぶん、あんたらは、水神祭り目当てにタイスにでもゆかれるので、ルーエにはそう長く滞在はしないつもりじゃろ？　まあたいがいの一座はルーエでは興行をしたがらんのだよ。ここで打ってもたいした実入りにはならんというてな。で、タリサで打ってきてからとっととルーエを通り過ぎて、ルーエでは泊まるだけで、タイスかルーアンにいってしまいがちになる。だが、そうすると、ルーエのものたちは、結局タリサかルーアンかタイスにいって興行を見なくてはならんということになって、ルーエをはなれにくいものたちは、なかなか楽しみがないんだよ」

「ああ——そうなんですか！」

「そう、だから、わしらは、面白いという評判の興行がやってくると、とにかくルーエでも一回でも二回でもいいから興行をしてくれ、と頼むようにしておるんだよ。でないと、ルーエはみんな素通りされてしまうでな。——というて、タリサの親水広場のような場所があるわけじゃなし、よい劇場があるわけじゃなし、なかなかルーエそのものでは一座を呼びにくいのでなあ。それで、わしが、邸の庭やはなれを提供して、ルーエの町衆たちのたのしみを守ってやっているという寸法だよ」

「そういうことなら、喜んで、お邪魔させていただきましょう。そうして、確かにぼくたちもタイスかルーアンにいって興行するつもりでいるのですが、その前に、じゃあ二日ほど——タリサで打ったのと同じだけ、興行させていただきますよ。おりおりの条件などについては、誰とお話すればいいのかな、場所代だのについては？」

「わしの家の庭を使ってもらう分には、場所代など払ってもらう必要は全然ないよ」

ハイ・ラン老人は嬉しそうであった。

「わしゃ、もともと、芸能が大好きでな。だが、こういう中途半端な場所にある町の顔役になってしまったので、なかなか思いどおりにタイスだのルーアンだのに出むいてそういう芸能を楽しむわけにもゆかん。それで、なるべく長いこと旅芸人にルーエにも滞在してもらったり、いろいろな芸人に芸を見せてもらうために、協力を惜しまないんだよ。また正直をいうと、わしの邸を使うときには、わしが客たちから少し入場料を——これはあんたらの木戸銭とは別に、頂戴するきまりになっている。これはほんの気持程度なんだがね。だから、わしにとっても損にはならんし、まあおかげでこの町でハイ・ランといえばたいそうなはぶりでいられる。それにどうせ離れはあいているので、そこに泊まってくれる分には、食事をだしてもてなしてあげるくらいわけはない。——というわけで、うちの庭で興行してくれんかね。そうしたら、いろいろと便宜もはかるし、うちにあるものやうちの使用人ならなんでも使ってくれていいのだがね」

マリウスは、これは願ってもない話だと判断したので、グインたちの馬車をとめ、ハイ・ランの邸の下見にいった。だが、その邸の中庭、というのは、マリウスが想像していたような、地方の金持ちのちょっとした大きめの屋敷の中庭、というようなものではなかった。ハイ・ラン老は本当にこの土地きっての富豪だったのだ。その建物が何棟もある本格的な、ちょっとした宮殿のような——もっとも宮殿というにはさすがに粗末であったが——もので、そうしてその中庭は、さながらケイロンの黒曜宮のロザリア庭園をほうふつとさせるような、周囲に美しいクム特有のあやしい濃いピンクの花マンダリアがつるをはわせている、まんなかが高くなっていて舞台にちょうどいいあずまやもあれば、その前の部分は明らかに旅興行を意識した石づくりの舞台になっている、というなかなかにみごとなものだったのだ。

それですっかり安心して、マリウスは話をとりきめ、一座のものたちのところに戻って、かれらをハイ・ラン屋敷にともなっていった。そして、スイランとリギアを使って、ルーエの町に興行のふれをまわさせようとしたが、親切にもハイ・ラン老人が、自分の家の使用人達を使って、そのふれまわるのも手伝ってくれたのであった。

というわけで、その夜はハイ・ランのたいそう手厚いもてなしを受け――そのかわりに、マリウスはハイ・ランと顔役たちだけのためにちょっとしたステージを行なって、夕食会の席でたくさん歌を歌い、キタラをひき、またまたそれに対して手厚くいろいろな金品をもらったのであった――きのうまでのユー・シンのはたごとさえ比べ物にならぬような立派な離れに泊まることができた。

「あらまあ、旅芸人っていうのは、ずいぶんとまた、けっこうな商売なんですねえ！」

さしものリギアが呆れ顔で云ったくらいであった。

「こんなにいい思いばかりして旅が出来るのなら、そりゃ、みんな旅芸人になりたがるわけだわ！　マリウスさんも、いつもこんないい思いをしてきたんですか？」

「まあ、けっこうね」

マリウスはにやにや笑いながら認めた。マリウスにはマリウスで、その夜にはちょっとした「別口のかせぎ」もあったらしかったが、それについてはマリウスは口をぬぐって素知らぬ顔をしているままであった。

「だって、そういうことでもなけりゃさ！――一年のうちの大半は、ろくでもないほこりまみれの街道を旅して木賃宿にとまって、辛い思いをしているんだからさ。たまには、いい思い、極楽な思いも味わわせてもらえなくちゃ！――でもね、いまの金持ちはあんまりもう旅芸人の一座なんかには金を出したがらないからね。そんなことをしなくても、文明都市では、カルラア神殿にゆけばいつもその周辺に面白い小屋がけをしているし、そのほうがはるかに水準も高いし。でも、昔は――もっと百年も二百年もまえには、ほとんどそんな娯楽なんか、何もない生活を送っている地方のひとびとは、祭りのときや、それ以外のときにひょっこりまわってくる見世物の小屋がけや旅芸人の一座がやってくるのだけを生活の楽しみにしてたからね。面白い一座がやってくると、なんとかひきとめて、一年でも二年でも逗留してもらおうと、その土地のご領主が自分の城館にとめ、手厚くもてなし、気に入った芸人は自分のお抱えにしようといろいろ金をつりあげたり、またいうなりに厚遇したりして、たいそうな贅沢をさせてくれたというよ。当時はほかに何の楽しみもなかったしね。それで、中原で有名ななんという芸人一座はいまたとえばタリア伯爵の屋敷にいるだの、どこそこの地主の館で芸をかけているのというううわさが流れると、ひとびとはわざわざそれを見にその屋敷までいって、金をはらって見せていただいたんだよ。だから、それもあって、金持ちたちは、必ず自分の屋敷のなかに、こういうお芝居や芸をみせられるような場所を作り、そして有名な旅芸人たちを自分の屋敷に呼び寄せようと趣向をこらしたり、金をたくさん出したりしたものなんだそうだ」

「まあ、昔はみんな鷹揚だったんでしょうねえ。いまほどせちがらくもないし」

「そう、それに、王侯貴族はこぞって自分の家に専属の楽人や伶人、道化や役者や詩人、吟遊詩人やただ評判の美男美女を召し抱えていたりしたものだけど、いまの宮廷はもっときびしいからね。——そんなことにお金をつかってくれる宮廷もあんまりないから、芸人たちも大変なんだよ」

「まあ、それじゃ、珍しいくらい太っ腹な後援者がついて、私たちの一座はとても幸運だった、ということなのかしら」

「この評判をきいて、ルーエにもひとがやってくれれば、かれらもルーエの町や店々が繁盛して、どっちも損はしないんだよ。——もっともそのためには、ぼくたちの出し物が、じっさいにルーエでも大評判をとらなくちゃいけないんだけどね。それはまあ大丈夫さ——ここでつまらない、期待はずれの出し物なんか見せたら、それこそ叩き出されてしまうけど、ぼくたちはもう大丈夫だよ。だってぼくの歌とキタラはもうとっくにハイ・ランさんに聞いて貰って、『これなら大丈夫だ、たいしたもんだ』というお墨付きをもらったんだもの」

マリウスは得意の鼻をうごめかした。

そういうわけで、その夜があけて、いよいよルーエでの興行、となったときには、またしても、うわさをききつけたたくさんの善男善女が、ハイ・ランの屋敷へと詰めかけて、朝っぱらからたいそうな長蛇の列となったのであった。なかには、まさに、タリサからかけつけてきたというものもいた——水路をとれば、タリサからルーエまでは、ほんの二ザンばかりの距離でしかなかったのだ。そのなかには、タリサの公演を全部みて、すっかりマリウスのファンになってしまった若い水商売の女たちなどもいて、マリウスに大きな花を贈り、またクム名物のトウシンアシで編んだきれいな籠だの、その籠につめた手製のスパイスとはちみつのきいた菓子だの、きれいな陶器の瓶に入ったはちみつ酒だのをたくさんくれたので、マリウスはますます御機嫌であった。

そうして、ルーエでの『旅の一座』の興行は幕をあけた——それもまた、だが、大入り満員の盛況であった。

時間がたっぷりあったので、マリウスとグインとスイランとはいろいろ相談をして、擬闘をもっと凝ったものにしようと話し合い、リギアとも打ち合わせて、いろいろな設定を付け加えていた。多少の色っぽさはクムでの興行には絶対に不可欠だ、とマリウスが力説したので、リギアも不承不承承知して、胸あてとぴったりした足通しと半透明の腰覆い、というなまめかしいなりに、髪の毛もきれいに結い上げて、女剣士というよりも、女役者みたいによそおうことを受け入れた。これはフロリーが嬉々としてリギアに化粧してやり、髪の毛を結ってやった。もともとリギアは美しい顔立ちだし、豊満でひきしまった、たいへんクム好みの体形をしているので、そのパロ人らしい白い肌がそうやってあらわになると、それはたいへんひきたってみえ、「こういう旅一座には絶対必要」だとマリウスが力説した「色気」の部分をちゃんと一座に付け加えてくれたのであった。

　そうして、なおかつもっとも大切なのはクム人たちの尚武好みの気質に訴える、「剣技」の部分であったが、これについても、親水広場よりはずっと条件がよかった——親水広場では、何をいうにも、まわりは人垣で、そこを衛兵たちが縄を張って区切っているだけのかなり狭い場所で激しい立ち回りを演じなくてはならなかったからである。それだと、グインは腕も足も長いので、長剣をつかうとかなりそれをふりまわすには場所がいる。それで、あまり大わざも繰り出すことができないし、また、とびのいたり、とびはねたりも危険であまり出来難かった。うっかりそらせば、観衆の上に倒れ込んだり、観客席に剣をはねとばしたりしてしまうかもしれなかったからである。

　ことに、グインはかまわぬにせよ、リギアのほうは、真剣を使うのがかなり心配なようであった。だが、このルーエの、ハイ・ランの中庭では、ちゃんとこういう公演のために、舞台がしつらえられ、あいだに小さな花壇がもうけられ、その花壇をかこむようにしてずっと桟敷と椅子が並んでいて、相当にそのなかで飛び跳ねて荒っぽく立ち回っても、観客席に倒れ込んでしまうような心配はなかった。それに、足場もちゃんとした石畳であった。

それゆえ、かれらはかなり心おきなく立ち回りの手をつけることができた——それに、グインは、巨体のわりに、その強靭でやわらかな筋肉とバネを生かして、けっこう、高いところから飛びおりたり、ひらりと着地しざまに剣をくりだしたりすることが得手であった。ここでは、馬車をしっかりと固定しておくこともできたので、マリウスはハイ・ランに頼んで馬車からゾフィーをはずし、わだちをしっかりと固定し、さらにへりの内側を補強して、グインの重量が飛び乗っても飛び降りても平気なようにさせた。それで、グインは、馬車のかげにひそんでいて、マントをひるがえして馬車に飛び上がり、ひらりと一回転しながら飛び降りざまにスイランに斬りかかる、というはなれわざを披露することが出来るようになったのであった。

これはもう、打合せの段階から、マリウスも、むろんスイランも、リギアでさえ、目をむいたようなまさしく「わざ」であった。

「なんで、そんなことが出来るんだよ、グイン！」

マリウスは感嘆の声をあげた。

「なんだって、そんなすごいことが平気で出来るの——すごすぎる！　いったいどこでそんなこと、覚えたの？」

「俺からみれば、お前がその十本しかない指で十二も十三もキタラからいちどきに音を出し、しかもそうしながら歌を歌うのを見ているほうがよほどはなれわざに見えるがな」

グインは笑った。

「だが、このときには、危険だから、絶対にスーティは外に出さないでおいてくれ。うっかり足元にでもかけよられでもしたら、いかに俺でも、空中で態勢をかえることはできそうもないからな」

「それは、もう」

マリウスはうけあった。

だが、スーティはスーティですっかり人気を集めていた――その昼に、ルーエで最初の興行がおこなわれ、それはまた、大成功をおさめたが、マリウスはスーティがひとびとの注目をあつめ、人気を集める星回りのようなものを持っていることにもう、しっかりと着目していたので、スーティにもひと役ふって、一番最初にはスーティになんともかわいらしい戦士のかっこうをさせ、しかも頭にはフロリーが器用に作った豹頭を模した帽子をかぶらせて登場させて、紙吹雪をまかせ、ちっちゃな剣をふりまわさせた。スーティは大喜びでひとびとにむかって紙吹雪をばらまきながら客席をかけぬけて登場し

た——そうして、舞台にかけあがってえらそうにポーズをとってみせると、もう、そこでお客たちはどっとかっさいして、そのあとはもう、本当に一座のものたちの思いのままであった。

かれらはマリウスの歌に泣いたり笑ったり感動したりし、マリウスの歌う豹頭王のサーガに夢中になり、リギアとスーティが悪漢のスイランに襲われるのに固唾をのみ、豹頭の戦士の鮮やかな登場にどっと猛烈な歓呼の声をあげ、そしてグインとスイランとの激烈な擬闘に本当に手に汗を握った。そして、さいごにグインが馬車にひらりと一気に飛び上がってスーティを肩の上にかつぎあげると、もうわれんばかりの喝采をおしみなくおくるのであった。グインの名と同時にスーティの名もすでにみなの口からさかんに呼ばれ、そして、例の『拝謁の儀』のほうも、場所がハイ・ランの屋敷になったおかげで、うしろのあずまやを偉そうな『拝謁の間』に仕立てあげることができて、いちだんともっともらしいものになっていた。また、マリウスはもうひとつの趣向を考え、「われと思わんものには」世界一の戦士グインとの素手での試合の権利を二分の一ターランで一回、というのを売り出してみたが、クムにはけっこう尚武の気風が強いので、これまた大評判となった。

腕っ節自慢の男たちは、金を払って舞台にあがり、そうしてマントをつけたまま立っているグインにむかって突進した。だが、ひょいとグインが手をあげてそのあいての頭をおさえると、そのまま、そこから動くこともできなくなってばたばたした。じっさい、「豹頭王をちょっとでもよろめかせることが出来たら、賞金一ラン」と思い切って、多少胸をどきどきさせながらマリウスが告げたあとには、十人以上の『勇士』が名乗り出たが、誰ひとりとして、グインのからだにふれることが出来たものさえいなかった。それもまた大評判となって、午後にはさらにたくさんの腕自慢がやってきた。

同時に、マリウスの歌もたいそうな評判になっていた。グインとの力くらべもさることながら、「オフィウスの再来とよばれる吟遊詩人マリウスが、あなたひとりのために御希望の曲を一曲歌って二分の一ターラン！」という、いささか法外かなとマリウスが心配した企画にも、たくさんの希望があった。もっとも、マリウスは、ここで「もしぼくの知らない曲があったら、お金は倍にして返す」と大見得をきってしまったので、この出し物が終わるまではいつもどきどきものであった。だが幸いにして、マリウスの曲の知識はほんとうに膨大なものがあったので、マリウスの鼻をあかせてやろうと、相当に手のこんだリクエストをしてみるものがあっても、マリウスはなんとかこれまでのところ、すべてこたえることが出来たのであった。

そんなわけで、さらに盛り沢山になったルーエでの興行の初日は、タリサでの一番盛り上がった興行よりもさらに数倍するにぎわいのうちに終わった。公演そのものは、それだけ盛り沢山になったので、マリウスは、昼公演が一回と、夕方からの夜公演が一回に限ってしまったが、それでもその一回づつでそれぞれ、タリサでのすべての公演の倍以上のみいりがあった。

ハイ・ラン老もほくほくであった。ハイ・ラン老人はスーティがすっかり気に入ってしまい、スーティを養子にもらえんだろうか、などと言い出す始末であった――これはもちろんマリウスが「この子はこの一座の看板ですから」とことわった。同時にハイ・ラン老人は、グインの剣技と筋肉にもすっかり惚れ込んでしまい、じぶんも一回だけでも、「豹頭王との力比べ」に参加すると言い張って、まわりの顔役仲間たちから年寄りの冷や水はやめるようにときびしくとめられてくさっていた。

ルーエでの興行も大成功におわることがもうあきらかであった。昼公演を見た客はたいてい、用のないかぎりは夜の部も見ようとして残っていたし、夜は夜で、昼をみそこねた客がやってきたし、また、夜には用があったり、帰らなくてはならないものたちは、「かならず、また明日」くるからと念を押して、座席の予約をして帰っていった。それは、どんな旅一座の興行師でも夢にみるような大成功であった。まさしく、カルラアの恩寵、と旅芸人たちがいうような、そういう大成功であったのである。

そうして、その夜は、おそらく少しでもきげんをとって長いこと、この興行をうってもらおうと考えたのだろう、ハイ・ラン老人が、母屋の大きな客間を開放して、ルーエの町のおもだったひとびとを招待する盛大な宴をはってくれた。ハイ・ラン老人は終始上機嫌で、料理もいそいで用意されたわりにはたいそう豪勢なものであった。

「本当に、明日でさいごなのかね。マリウスさん」

顔役たちはたいへん残念がった。

「まあ、この町ではそれもしょうがないかもしれないが——しかし、あんたらがこの町でこうして出し物を続けていてくれれば、タリサからも、ランキンやラミアやクロニアからも、ルーアンからだって、みんなが見物にルーエにやってくることになって、あんたらは常打ち小屋だってもてるし、ルーエの町もいちだんと栄えるというものなんだがねえ！」

「本当は、そうしたいところですけれどね」

愛想よく、マリウスは答えた。

「でも、残念ですけど、ぼくたちはゆかなくちゃいけないんです。それに、いってしまうから、旅芸人はいいんですよ。ずっと残っていたら、きっと皆様、飽きてしまって、いくらぼくたちが違う出し物を考えても、ほかにもっとなにかないのかとおっしゃるようになりますよ！」

「そうかなあ」

ルーエの顔役たちは、たいへん残念そうであった。

だが、本当の《事件》はその翌朝おきた。マリウスたちが、まだ前夜の宴会の名残もさめやらぬ朝のうちに、大きな馬車を中心とした、ごついよろいかぶとをつけた騎士五十人ばかりに囲まれた一行が、ハイ・ラン邸に乗り付けたのだ。

「これは、タイス伯爵タイ・ソン閣下の御使者である」

馬車から降りた、立派なマントとよろいをつけた、偉そうな騎士長は、おそれいって平伏してみせているマリウスたちに、そう告げたのであった。

「タイ・ソン伯爵には、タリサ、ルーエでのそのほうら一座の大評判を聞き及び、ぜひにもタイスで伯爵の御前にて興行をみせよとの御希望である。謹んでうけたまわるように」

それが、騎士長の告げたことばであった。マリウスとリギアは思わず顔を見合わせた。だが、次の瞬間、

「タイス伯爵よりじきじきの御希望いただくとはまことにもって光栄至極。ぜひともただちにタイスにて興行をさせていただくとお返事願いたい」

グインの返答が、さらにマリウスたちを仰天させたのであった。

「グ、グイン」

「案ずるな」

グインはかすかに笑いを含んだ声でささやいた。

「それもまた面白かろう。こうなれば、やれるところまで、ひとをだましてみるまで

だ」

あとがき

栗本薫です。お待たせいたしました。「グイン・サーガ」第百九巻、「豹頭王の挑戦」をお届けいたします。

いや、今回はちょっと冒険と申しましょうか、ちょっと不安というか（笑）皆様に怒られちゃうかなー、真面目にやれって云われちゃうかなーとか思いつつ、実のところ私はものすごーく大真面目なんですけれどもねー（笑）そう見えなくても大真面目ですからご安心下さい。というか、まあ、ここまでのべ三十年近くも付き合ってくださってる（もともとが白髪三千丈の人なんで、だんだん単位が上の方に微妙にズレたりサバよんだりするのはご容赦下さい（笑））読者の皆様は、もう私についても、グインについてもよくご存知だから、何があってもびっくりはされないですかねー。なんたって「なんとおっしゃるウサギさん」にもついてきて下さった（か、呆れてたか）皆様ですものねー。

でも、今回は、グインとしてはけっこうちゃんと大真面目なんだと思うんですけれどもねー（笑）まあ、私のほうで「いっぺんやらせてみたかった」ってことはあるかもしれませんけれども（笑）またこのへん、あとがきからお読みのかたは、「え？　何が？　何がおこったの？　どうしたの？」ってことになっちゃうかもしれませんが……

なんとなくでも、ここらへんのくだり、書いていて楽しかったですよ（笑）なんか、いつもはもうグインと登場人物たちに引きずられるようにして、あれよあれよという間にどんどんどんどん話が展開してしまい、私のほうは、「え？　そうなの？　そうくるの？　そういうことなの？　エ？」となかばたまげながらかれらのいうことを聞いているだけ、っていうことも多いんですけれどもねえ。でも今回に限っては、なんとなく、「みんなが私と一緒に遊んでくれた」っていう気がしてまして、文字どおりプレイだったのかなあ、なんか、グインたちが、作者も仲間に入れてくれたような気がして、すこぶる楽しかったのです。なんか、変ですね、この感覚（笑）

でもたまにそんなのもとっても楽しくて嬉しいなあとか思うんですけれどもね。毎回それだとまたきっと違うんでしょうが、もういまの時点で私は一応百十一巻まで書き終わっておりますが、次の巻くらいまではまだ多少そういうプレイモードが持続してますが、百十一巻からはまたまったく違うモードが起動してきて、最終的にはまたとっても重厚ないつものグインになってしまう、っていう感じがしますので、まあ、ちょっとした息抜きというか、エンターテインメント、として楽しんでいただければいいなっと思ったりしてます。まあ、ここに出てくるような生活ってのは、きっとある種、私自身の理想なんでしょうね。

そういえば、私、けっこう、プレイヤーである人を主人公にすることが多いです。主人公でないまでも重要な役割にでですね。「レクイエム・イン・ブルー」のシリーズは劇団の俳優さんたちのお話ですし、むろんのことに最近の私の最大の主役である矢代俊一はミュージシャン、今西良も森田透も「出る側」の人物です。伊集院さんはまあ探偵さんだからある意味裏方かもしれませんが、芳沢胡蝶さんとか、竜崎晶くんとか、伊集院さんの相棒はわりと舞台の上の人が多いですねえ。まあ、結局のところ、自分がずっと芝居とライブやって生きてきてますから、「小説以外で自分の一番知ってること」っていうのがどうしても、そっち方面にいってしまうわけで、これがたとえば、「銀行員の生活」をリアルに書けとか、「質屋さんの生活」をちゃんとリアリティ持って書けとかいわれると、きっと私、パニクるでしょうね(^_^;)なんたって、これまでに一回もまともにおつとめしたことのない人ですから。一番書けないのってきっと私「企業小説」だとおもふ(^_^;)ひええ、すごい、想像がつかない、栗本薫の企業小説！(爆)皆様もご想像がつきますまい。なんたって、私の「会社生活」への知識は「会社員って何する人？会議！会議って何するの？社長が演説してるあいだメモ用紙に落書きすること！ほかに何してるの？出金伝票書くらしい！」という、このあたりでつきておりますからねえ（˙ ˙;）毎朝決まった時間に起きて決まった場所に出かける人の生活、ってのが、マジ私理解してないですもん（˙ ˙;）

まあ、昔よく御一緒してたシャンソン歌手の水織ゆみさんのレパートリーに「旅芸人のバラード」なんてのがあって、とても好きだったりしたものですが……本当はきっと私、いまだに「本当はミュージシャンだけで食っていけたらいいなあ」と思ってるんだろうなあ。

で、ところで、そこでイベントのお知らせです（笑）ここで百九巻が出まして、めでたく十月十日に百十巻、そして十二月十日にはついに「111巻」の並び番を迎えるわけなんですが、ここで、早川書房さんのご協力を得まして、せっかくのキリ番だし、今回は「百の大典」とはうってかわって読者参加型の何か催しをしたいな、ってことになりました。題して「111巻キリ番記念　パロの大舞踏会!!」（笑）（笑）

これ、ずっとやりたかったんですね。詳細はこれから詰めてゆかないといけませんが、十二月九日の土曜日、奥付に先んじて、東京・市ヶ谷の素晴しい建築でその名も高い「小笠原伯爵邸」がクリスタル・パレスに変わります!……というようなこころみをしたいなと思っているんですねー。登場するのは当然最近お気に入りのユニット「姫」の伶人・麗人たち。出来ることならおいでいただける皆様にも、華麗なドレスだの、宮廷の舞踏会にふさわしい華やかなよそおいをお楽しみいただき（当人が好きだからキモノは許可ってことにしよう（笑）クムからきた人たちならチャイナも可だし（笑）うははっ。どうしても自信のない人たちには魔道師のマント貸し出すか（爆）おいしい御馳走とすてきな演奏と、出来ればワルツのひとつも楽しんでいただけたらなーなんて……前まえからよくいってる「グインランド」を、一日だけでも、「パロの国」だけでもほんのちょっとでも、実現出来たらいいな、って思ってるんですけどね。予価一万円でちょっとどうしても場所が場所だけにお値段が張っちゃいますが、通常なら一万五千円は最低かかるところの豪華美食つき盛り沢山イベントになると思いますので、ご勘弁ご理解下さって「舞踏会貯金」していただけたらなーなんて……でもって、「盛装しなきゃいけないんじゃやだなー」ってかたのためには「パロ市民の見物席」ももうけたらどうだろうなんて（笑）べつだん食べ物では差別しませんから（笑）われと思わん者はフロアでナリスさまと⁇　になるかどうかはわかりませんが、ダンスも楽しんでいただいたりとか……カラム水はどうかなとか……なんかいろいろ夢がふくらんでるんですけどねー。まだこれから細かく企画をツメる段階ですので、続報は次巻百十巻のあとがきでも、また私のサイト神楽坂倶楽部でも出してゆこうと思っておりますが、もしうまくいったらダンスをエスコートしてくれる人たちなんかいたらいいですよねー。むろんトリ頭や犬頭になっちゃったクリスタル・パレスじゃなく、ナリスさまの君臨する華麗な時代のクリスタル・パレスの舞踏会で、作者自ら演奏する「パロのワルツ」に酔い痴れていただけたらなーなんて思ったりしているんでございます。いかがですか？　一日だけクリスタル・パレスの貴族たちになってみる、っていうのはっ。特別のおみやげとかも用意出来たらいいななんて思ってるんだけど……

などなどというスペシャル企画もありつつ、今年前半は全然イベントなしで冬眠してしまったので、後半から来年にかけてはちょっと爆裂したいな、と思っております。まずは十月十六日には、平日の月曜ですが、今年初のＭＡＮＤＡＬＡに登場します。これについても詳報は神楽坂倶楽部のイベントページをご覧下さい。とりあえず、やっとなんか元気になってきたんで、これからたくさん、面白いことやっていけたらいいなーっとか、久々の神楽座もそろそろ登場したいなあとか、いろんなこと、考えております。ぜひまた、おつきあい下さい。キモノ着て大正浪漫ライブにきていただくとかさあ、いろんなこと、ありますよねーっ。

というわけで、今回は妙に元気なのはもしかしてグインおじさんの奮戦のせいかもしれませんが、自分も早くステージにたって楽しくやりたいとやっと思えるようになったわたくしでした。これから暑い夏も山場で、またまた夏ばてしてしまうかもしれませんが、なんとか今年の夏はお互い元気で乗り切りたいものですね。それでは暑中お見舞いもかねまして、皆様、百九巻をどうぞお楽しみ下さい。恒例の読者プレゼントは、三沢美奈子様、浅井良様、豊永啓作様の三名さまということで、それでは皆様、また百十巻でお目にかかりましょう。

二〇〇六年七月十日（月）

著者略歴 早稲田大学文学部卒
作家 著書『さらしなにっき』
『あなたとワルツを踊りたい』
『流れゆく雲』『パロへの長い
道』（以上早川書房刊）他多数

HM = Hayakawa Mystery
SF = Science Fiction
JA = Japanese Author
NV = Novel
NF = Nonfiction
FT = Fantasy

グイン・サーガ⑲

豹頭王《ひょうとうおう》の挑戦《ちょうせん》

〈JA857〉

二〇〇六年八月十日 印刷
二〇〇六年八月十五日 発行
（定価はカバーに表示してあります）

著者 栗《くり》本《もと》 薫《かおる》
発行者 早川 浩
印刷者 大柴正明
発行所 株式会社 早川書房
郵便番号 一〇一 - 〇〇四六
東京都千代田区神田多町二ノ二
電話 〇三-三二五二-三一一一（大代表）
振替 〇〇一六〇-三-四七七九九
http://www.hayakawa-online.co.jp

印刷・株式会社亨有堂印刷所 製本・大口製本印刷株式会社

ISBN4-15-030857-8 C0193